至極の不動産王に独占執着され、英国で最愛妻として娶られます

m a r m a l a d e b u n k o

若菜モモ

marmalade bunko

マーマレード文庫

目次

至極の不動産王に独占執着され、英国で最愛妻として娶られます

至極の不動産王に独占執着され、
英国で最愛妻として娶られます

一、憧れの書籍化

待ち焦《こ》がれていた一通のメールが届き、ドキドキ心臓を暴れさせながらマウスをクリックした。

英文のメッセージを数行読んで、私、広瀬夏妃《ひろせなつき》はため息と共にガクッと肩を落とす。

送り手はイギリス南東部・ケント州にある、ブレイクリー城の城主ブレイクリー家の秘書からだ。

「う～ん……やっぱりだめか……」

がっかりしてデスクに突っ伏す。

取材依頼を断られるのは、これで三回目になる。

私は私立大学を卒業し、出版物の企画や編集を行う編集プロダクションで五年働いたのち、今年四月、会社を辞めてフリーライターになった。

幼い頃から外国のお城に惹《ひ》かれ、就職してから稼いだお金で忙しい仕事の合間を縫って何度もヨーロッパに飛び、あちこち見て回っていた。

なかでもイギリスの城館《カントリー・ハウス》が大好きで、見学できる城に何度も足を運び、いつしかイギリスの城を特集した本を、自分の名前で出版したいと思うようになった。

独立後、会社員時代に付き合いのあった大手出版社の知り合いの編集者に企画書を見てもらい、何度も打ち合わせを重ねてやっとOKをもらい、書籍化への第一歩が近づいた。

提出した企画書には観光地化している有名な古城などもラインナップに入れてあるが、世間に知られ過ぎて面白みに欠けるかもしれない。そこで書籍の中でメインに扱う城として、一般公開されていないブレイクリー城に白羽の矢をたてたのだ。

私がブレイクリー城に執着しているのには理由がある。

昨年イギリスに旅行した際、ちょうど年に一度のフェスティバルで一日だけ特別に城内の一部を公開していたブレイクリー城を見学させてもらった。

九百年以上の歴史を持つ瀟洒《しょうしゃ》な城館は、長い年月をかけて大切に維持され続け、豪奢《ごうしゃ》な装飾の施された室内や素晴《すば》らしいアンティークの調度品は、他の城ではなかなかお目にかかれないものだった。

それに加え、ブレイクリー城は豊かな自然と湖に囲まれ、晴れた日に湖面に映る石造りの城の優美な佇《たたず》まいは、一年経った今も私の心を掴《つか》んで離さなかった。

書籍はブレイクリー城をメインに扱う構成を組んでいた。滅多に公開されることのないこの美しい城を目玉として扱えば、きっと話題になる。

そう思って、英語でまとめた企画書と熱意を込めたメールを送り、取材を申し込んだのだけれど……。

結果、取材はお断り。それももう三回目だ。

さすがにこれ以上メッセージを送るのは相手を不快にするだけだろう。

突っ伏していた顔を上げて腕組みをすると、目の前のメッセージをもう一度読む。

「そういえば……ずっと、秘書からの返事だわ。ブレイクリー伯爵にもしかしたら話が通っていない……?」

渡英して直々にブレイクリー伯爵にお願いしてみようか。

おいそれと会える人物ではないと思うが、企画書を見てもらって、それでも断られるのならば、あきらめがつくというものだ。

そう考えたとき、パソコンの左下に表示されている時間を見てハッとする。

時刻は十七時三十分だ。

今夜は以前勤めていた編集プロダクションの同期、向井《むかい》悠里《ゆうり》と食事の約束をしている。金曜日なので、明日の心配をせずに語ろう会なのだ。

待ち合わせは六本木のイタリアンダイニング。

椅子《いす》から立ち上がり、Tシャツとジーンズから、光沢のあるライトブルーのセットアップのノースリーブとパンツに着替えると、洗面所で眼鏡からコンタクトに変え装着する。視力は両目合わせて〇・八で、自宅にいるときは眼鏡をかけ、出掛けるときはコンタクトにしているのだ。

肩甲骨まである黒髪をブラシで梳かし、シルバーのバレッタでうしろでひとつに留める。

身長は百六十三センチで標準体型。胸が七十のBカップと小さいのが悩みである。よく言えばスレンダー体系に見えなくも……ない。

ファンデーション後、二重の目にブラウン系のアイシャドーとマスカラを施し、ローズ系のリップをぽってりとした形の唇に塗って、最後にチークを軽くいれた。

梅雨が明けた七月後半、夜になっても湿度は高くじっとりと暑いので、帰る頃にはメイクは落ちてしまっているだろう。

品川《しながわ》区の戸越《とごし》駅から徒歩八分の賃貸ワンルームマンションに、上京してからずっとひとりで住んでいるが、今は会社員ではなくフリーランスで働く身。

以前よりも収入が少なくなり、もう少し安い住居に引っ越しをしようかと思っているが、引っ越し費用もあるので考えてしまう。

古城の本を出すという夢を叶えるために退職したが、その一冊だけで食べていけるわけがない。イギリスでの本格的な城館取材が始まるまでは、飲食店の紹介記事や企業のPR記事、イベントの取材など、無理のない範囲で仕事をもらっていた。

実家は軽井沢でペンションを経営し、祖父母と両親、大学生の弟がいる。

就職してからは旅行にも時間をあてているので、それほど遠くはない場所にあるものの、実家へは年に一、二回帰省するのが精いっぱいだった。

六本木《ろっぽんぎ》のおしゃれなイタリアンダイニングに、待ち合わせ時刻の十九時に間に合うよう赴《おもむ》くと、悠里はまだ来ていなかった。腕時計で時間を確かめる。

「まだ十分前だものね」

テーブルに案内されると、すぐに待ち合わせ相手の悠里が「ごめ～ん、待った？」と手を振りながら現れた。

以前、私と同じくらいの髪の長さだったが、毛先を跳ねさせたボブになっている。

会社を辞めて二カ月なので、彼女と会うのは久しぶりだ。

「はぁ～、涼しい」

「ううん、私も今着いたところ。髪切ったのね」

四人掛けのテーブルの対面に座った悠里はハンカチで額の汗を拭《ぬぐ》っている。

「切ってからもう一カ月くらい経つかな。短く切りすぎて子供っぽくなっちゃったって後悔してるの」

「そんなことない、似合ってるわ。子供っぽくもないし」

「そう？　ありがと。ようやく自分好みにスタイリングできるようになったの」

そう言って、悠里ははにかんで笑う。

「さてと、何を頼もうか？　ここ、よく予約で来たわね？」

六本木という立地ながら、リーズナブルにイタリアンが食べられるので、予約が取れないことも多いが、梅雨が終わり猛暑が続くので、ビアガーデンに流れているのかキャンセルが出たのか、すんなり予約が取れた。

「ラッキーだったわ」

私と悠里はメニューを覗《のぞ》き込み、あれこれ悩みながら料理と飲み物を決めて、オーダーをする。

先にデキャンタで運ばれてきたアルゼンチン産の赤ワインで乾杯すると、魚介類のカルパッチョやクラッカーにつけるディップなどが、次々とテーブルに置かれていく。

「夏妃、本の方は進んでるの？」

カルパッチョをお皿に取り分けて私の前に置いてくれる。

悠里には企画が通った話はしてあった。

「ぼちぼち……と、言いたいところなんだけど、ブレイクリー城から取材を断られているの」

「ブレイクリー城って、一番メインにしたい古城だって言っていなかった？」

「そう。あのお城を掲載できないなんて面白みに欠けるし、出版社のＯＫも企画書のブレイクリー城ありきで通っているから、載せられないとなると書籍の話はなくなるかもしれない」

自分で言った言葉に落ち込んでしまいそうだ。

「でも、断られているんじゃ難しいんじゃない？」

眉根を寄せる悠里は、ワインを口にする。

「う……ん。しかも三回」

私の言葉に驚いたのか、彼女はワインを喉に詰まらせそうになった。

「ごほっ、ごほっ。え？　三回も!?」

「そう。でもね、全部ブレイクリー伯爵の秘書からの返信なの」

内緒話をするように、私は悠里の方へ身を乗り出す。

「秘書なんだから当たり前なんじゃない？」

口元をナプキンで拭う悠里に、私は首を左右に振ってみせる。

「そうなんだけど……。あのね、もしかしたらブレイクリー伯爵には話が通っていない可能性もあるかもしれないでしょ？　だから私、直接会いに行ってみようと思ってるの」

「いつもながらの行動力ね。さすが夏妃！　恋愛には奥手だけど、仕事に関しては突き進むわね」

悠里は感心したように頷《うなず》く。

「ちょっと、恋愛に奥手は余計だから！　何しろこの企画には私の希望がかかっているんだもの。本当にブレイクリー伯爵に話が通っているか確認してくる。伯爵に話が通っていて、そのうえで断られているならあきらめもつくわ」

邪推かもしれない。だけど、秘書を通さずに直接お城に行こうと考えている。

ブレイクリー伯爵が常時城にいるのかわからないが、向こうへ行ってから調べよう。

そこへ冷製トマトソースのカッペリーニが運ばれてきた。

「いつ行くの？」

「一週間以内に。遅くなればお盆の時期になってしまうし、そうなったら格安航空券でも高くなるし、仕事も進まないから」

「気をつけて行ってきてよ？　ブレイクリー伯爵が女と見たら見境ないおじいちゃんだったら、無理しないで」

企画書を作っているときにブレイクリー伯爵を調べたけれど、私の父よりも少し年上くらい、綺麗な金髪の気品あふれる男性の写真を見たことがある。

しかし、どんな人物かもわからないので、悠里の意見も一理ある。

「うん。無理せずに気をつける」

「夏妃の企画がうまく進むように祈ってる」

私たちはグラスをコツンと合わせた。

数日後、私の企画の担当である編集者の関口知也《せきぐちともや》さんから連絡があり、進捗報告をするために会社へ赴いた。

千代田区にある大手出版社へ着いたのは、約束の十七時。打ち合わせには少し遅い時間だが、関口さんは敏腕編集者で忙しい。

たしか年は二十七歳の私より五つ年上の独身男性だったと記憶している。

取引先であるこの出版社は、私が勤めていたビルのワンフロアを借りた編集プロダクションの事務所に比べて、十階建ての石造りの大きな自社ビルで、ロビーには立派な受付もある。

受付を通って、手渡された来客用のＩＤカードを首からぶら下げ、関口さんのいる編集部へエレベーターに乗って向かう。

エレベーターを降りたところで関口さんが待っていた。受付から連絡が入ったのだろう。

「広瀬さん、わざわざ来ていただきありがとうございます」

「いいえ、こちらこそお時間をいただき、ありがとうございます」

「どうぞこちらです」

いくつかの編集部が置かれた広いフロアを通り抜け、打ち合わせスペースに向かう。

「暑いですね。飲み物は何がいいですか？」

「すみません。アイスコーヒーをお願いします」

「わかりました。お掛けになっていてください」

私を四人掛けの丸テーブルに座らせた関口さんは、隅にある自販機へ歩を進め、アイスコーヒーの入ったカップをふたつを持って戻って来る。

「どうぞ」

「いただきます」

ここへ来るまではうだるような暑さに晒《さら》され汗をかいていたが、冷房のおかげで汗はだいぶ引いていた。

「進捗ですが、企画書にあったブレイクリー城から取材を断られていました……」

「そうですか……。残念ですがしかたないですね。では、代わりの城館にしてください。来年春の発売で予定を組んでいるので、時間はあまりありませんし」

「そう言っていただけるのはありがたいのですが、ブレイクリー城はどのお城よりも素晴らしいですし、日本ではあまり広く知られていません。今回の企画にはなくてはならないと思っています」

関口さんは困った顔で腕を組む。

「ですが、断られているんですよね?」

「はい。秘書の方から断りのメッセージを受け取っています。ですが――」

先日、悠里にも話したことを関口さんに提案する。

「……ブレイクリー伯爵に直談判ですか」

「はい。それでだめだったら、メインで扱える他の城館を探して、イギリス中を回ろうかと思っています」

まだそんなことは考えられないし考えたくもないが、最悪の場合はブレイクリー城の代わりになる城館を選ばなくてはならない。

「わかりました。私としても企画書にあったブレイクリー城は魅力的でしたので、やれるだけやってみるという、その心意気は良いと思います。応援していますよ」

「ありがとうございます。八月一日にイギリスへ向かいます」

「四日後ですか。すぐですね。うーん、契約書が間に合わないな……」

「それは戻ってきてからで大丈夫です」

「わかりました。気をつけて行ってきてください」

「はい。向こうから連絡させていただきます」

これで話は終わり、椅子から立ち上がろうとした。

「広瀬さん、これから飲みに行きませんか?」

「あっ……申し訳ありません。仕事の件でなければ、これから用事があるのでこれで失礼させていただきます」

用事はないが、渡英の準備がある。各地の城館も念入りに調べなくてはならないので、時間がいくらあっても足りないのが現状で断った。

「……いやぁ、残念です。それでは帰国後に」

「そうさせてください」

やんわりと笑みを浮かべ約束をする。

肩にカバンを提げた私は、関口さんにエレベーターまで見送られ、出版社をあとにした。駅に向かいながら、関口さんに先ほど誘われたことを思い出して困惑している。

これを接待と取るべきか、ただ単に飲みたかったのか……。

しかし、編集プロダクションに勤めているときも、関口さんは私だけを誘い、ふたりで数回飲みに行ったことはある。

仕事の話や将来の夢などを話して特に私に気があるようには思えなかったが、悠里に言わせれば、「夏妃だけを誘うこと自体、気がある証拠じゃない」と笑っていた。

関口さんは真面目な性格に端整な顔立ち、仕事も丁寧でモテそうなので、悠里の思い過ごしだろう。先ほど誘われたのも、ただ単に飲みに行きたかっただけに違いない。

四日後、ロンドン・ヒースロー空港に向けて二十二時十分、羽田空港を発った。

直行便といきたいところだけれど、格安航空券なのでヘルシンキ・ヴァンター国際空港経由だ。

エコノミークラスの通路側の席で、離陸後機内食を食べ、映画を一本見て眠った。機内なのでぐっすり眠れるわけではないが、ヒースロー空港へ到着するまで十八時間五十分もかかるので、到着までゆっくりのんびりしようと思っていた。

ヒースロー空港の到着は午前九時十分で、そこからブレイクリー城まではバスと電車を乗り継いで約三時間かかる。

ブレイクリー伯爵の秘書には連絡せず直接城に向かおうと考えていたが、日本を発つ前に思い直し、アポイントメントの連絡を入れてある。だけど、返事はまだない。

やっぱり直接尋ねなければ無理なようだ。かといって、ブレイクリー伯爵にいつ会えるかわからないので、不安は心の中で広がっていく。

長期滞在になるかもしれないので、ブレイクリー城の近くの以前泊まったユースホステルに予約を入れている。

ユースホステルは一般的なホテルよりも宿泊費が安いのでバックパッカーなどが泊まり、気候の良い今の時季は混んでいるようだ。

それほど観光客でにぎわっている地域ではないが、ユースホステル利用者が食事に困らないよう近辺に小さなレストランがいくつか営業しているので助かる。

前回訪れたときは秋で、そのときも景色は素晴らしかったが、今は夏。きっと青々とした木々の緑が美しいはずだ。

持参した一眼レフカメラで、城館だけでなく美しいイギリスの夏の風景を写真に収めたい。

入国審査と荷物受け取りを済ませ、到着ロビーに足を踏み入れ、ホッと胸を撫でおろす。

途中、ヘルシンキでのトランジットはあったものの、合計で約十九時間の旅だった。やっぱり直行便に乗ればよかった……ううん。だめだめ、予算には限りがあるんだから。

そう考え、自分を奮い立たせる。

現在の時刻は十時十分。シャトルバスに乗ってロンドン市内へ向かう。ヴィクトリア駅から電車に乗り、途中二回乗り換えてようやく到着となる。

観光客にとっては不便な場所だが、ブレイクリー城は城好きにはたまらない魅力があり、ユースホステルの利用者は必ず訪れ、閉ざされた城門の外から優美で壮大な古城を写真に収めている。

夏で良かった。冬だったら荷物がかさばって大きなキャリーケースになるので、大荷物で移動するのが大変になるところだった。

今回はTシャツを数枚、綿のパンツや皺《しわ》にならない素材のワンピース、そして今穿いているジーンズを洗って着まわせば問題ないだろう。


「ふぅ～、やっと着いた～」

ブレイクリー城に一番近い村に到着し、キャリーケースをゴロゴロ引きながら、予約しているユースホステルを目指す。

以前食べた小さなレストランを通り過ぎ、健在で良かったと思いながら足を運ぶ。

ユースホステル近辺は牧草地や森があり、徒歩三十分でブレイクリー城へ行ける。

十分後、記憶を辿《たど》りながら一軒家のようなユースホステルに着いた。

腕時計へ視線を落とすと、もう十三時を過ぎている。

『ハロー』

玄関を入った先に、中肉中背の赤毛の髭《ひげ》をたくわえた六十代くらいの男性がカウンターの中にいた。赤毛の髭に白いものも混じっている。

このユースホステルの主、ブライトン・リチャードソンさんだ。奥様のメアリーとふたりで経営している。

『おおっ、ナツキ！　元気だったかね』

カウンターから出てきたリチャードソンさんは、私の肩を抱き寄せてハグをする。前回、ここに四泊しただけだが、日本人がめずらしかったのか色々話しかけてくれたので覚えてくれていたのだろう。

『はい。リチャードソンさんもお元気そうで何よりです』

英語で言って笑顔を向けると、そこへ女性の弾《はず》んだ声が聞こえてきた。

『ナツキが到着したの？』

カウンター向こうの開いていたドアからメアリーが出てきた。ふくよかなメアリーは私と同じくらいの身長で、エプロンで手を拭きながら現れた。

『まあ！　ナツキ！　いらっしゃい。予約が入ったときから楽しみにしていたのよ』

大きく手を広げたメアリーとハグをする。

『私もおふたりに会えるのを楽しみにしていました』

『おなかは空いている？　アップルパイを焼いたの。特別に出してあげるわ』

『わぁ～　うれしいです』

空港を出て途中で買ったサンドイッチを食べただけなので、お昼を回った今は、おなかが鳴りそうなほど空いていた。

このユースホステルは朝食の提供だけだが、お菓子作りが好きなメアリーは、できたてのお菓子をサービスで振る舞ってくれる。これがとってもおいしいのだ。

『じゃあ、荷物を置いたら食堂へ来るのよ。冷たいアイスティーで休みなさい』

『部屋は二階の一号室だよ』

リチャードソンさんが鍵を渡してくれる。

『はい。すぐに食堂へ行きますね』

鍵を受け取って、奥の階段へ歩を進める。二階の一号室は前回も泊まった部屋で、シングルベッドがふたつとアンティークなデスクと椅子があるだけだが、二段ベッドの四人部屋に比べると居心地《いごこち》の良い空間だ。

他のユースホステルのシャワーやトイレは共同が多いが、この部屋にはシャワーもトイレも完備している。見知らぬ旅行客と共同で使わなくて済むので気が楽だ。

キャリーケースをドアの横に置き、洗面台の前に立ち鏡を覗《のぞ》き込む。

長旅だったので眼鏡にすっぴん、髪の毛はうしろでひとつにバレッタで留めただけのしゃれっ気も何もない。

手を洗って、羽田空港で買った抹茶のゴーフレットの菓子折りを持つと、メアリーのアップルパイを楽しみに部屋を出た。

階段を下りると、カウンターの奥に食堂がある。ちょうどメアリーがホールのアップルパイと三人分のアイスティーを、木目が年代を感じさせる四人掛けのテーブルに置いたところだ。

食堂には他にも四人掛けのテーブルが三卓ある。

冷房はついておらず窓は開いていて、そよそよと気持ちのいい風が時折入ってくる。

『ナツキ、座って』

示された椅子に近づき、お土産をメアリーに渡す。

『お口に合うかわからないですが、以前、抹茶が好きだとお聞きしていたので』

『日本のお菓子を持って来てくれたの!? しかも抹茶の味なのね? うれしいわ。ありがとう』

『ナツキ、ありがとう』

リチャードソンさんも笑みを深める。

『こちらこそ、しばらくお世話になります。滞在期間がまだはっきりしなくて申し訳ないのですが』

大きなホールのアップルパイをメアリーが八等分に切り、お皿に載せて私の前に置いてくれる。

『いいのよ。最近は町のホテルに泊まる人が多いの。部屋は空いているから。それで、今回はどうしてこんな辺鄙《へんぴ》なところへ？　あ、食べながら話しましょう』

『はい。いただきます。今回は古城の書籍を作るために、その取材で』

レモンのスライスが入ったアイスティーをひと口飲む。冷たさが体に染み入る。

『お城って言ったら、ブレイクリー城かしら？』

『そうです。以前訪れたときに一部だけ公開されていましたよね。素晴らしい古城で一目惚《ぼ》れをしたんです』

『そうだ、あの城はどの城よりも美しい』

リチャードソンさんは自分が褒《ほ》められたように顔をほころばせ、満足げに頷く。

『日本では知られていませんし、ぜひ書籍に載せたいと思って取材に来たんです。リチャードソンさんは城主のブレイクリー伯爵をご存じですか？』

『今の城主は伯爵ではなく、ご子息のルイ・バンクス・ブレイクリー子爵だよ。伯爵はもう長いこと訪れていないが、城主になった子爵は一昨年あたりから頻繁に来るようになったんだ』

『息子さんが？』

あの気品ある伯爵の息子さん……。

『ナツキ、アップルパイを食べなさいな』

『はい。いただきます』

アップルパイを頬張ると、そのおいしさに口元が緩んでしまう。

そんな私をリチャードソンさんは目を細めて見ながら話を続ける。

『たしか三年前に引き継いだんだよ。ブレイクリー子爵はロンドンで不動産投資会社のCEOをしていて、ここには二週間に一度くらいの頻度で訪れているんじゃなかったかな』

二週間に一度……か。

話を聞く限りでは忙しいビジネスマンのように思える。本宅はきっと、ロンドンにあるのだろう。

『秘書の方に三度取材の申し込みしたんですが断られてしまい、ブレイクリー伯爵に直談判しようと来たんです。でも、今の城主は子爵なんですね。会えるかどうかわからないので、長期滞在になるかもしれません』

『あなた、前回子爵がいらっしゃったのは、いつだったかしら……』

メアリーが夫に尋ねる。

『覚えておらんな。二週間に一度といっても規則的に来るわけじゃないだろう？とりあえず、城の管理人に会いに行くといい』

『ナツキ、ブレイクリー城は他の観光地化した城と違って、了解を得るのは難しいかもしれないわ。イギリスの書籍にも、ほんの少ししか載っていないはずよ』

メアリーの忠告に、コクッと頷く。

『わかっています。三度断られたのはブレイクリー子爵の指示だったかもしれません。とにかく会えるまで希望を捨てずにいます。あの、どんな方かご存じですか？』

『ルイ様は小さい頃、よく伯爵と東洋人の奥方様に連れられて来ていたよ。特に夏の間は滞在していた』

『東洋人の奥様？』

伯爵家のプロフィールは公開されておらず、ブレイクリー子爵の母親が東洋人と聞いて意外で驚いた。

『伯爵の髪はブロンドだったが、ルイ様は奥方様の黒髪を引き継いで、とても可愛い男の子だった』

イギリス人と東洋人の血が混ざっているのであれば可愛いに違いない。

『今、何歳くらいなんでしょうか？』

私の疑問に答えてくれたのはメアリーだ。

『おそらく三十歳を過ぎたくらいじゃないかしら』

『いや、もう半ばになっているはずだ』

三十歳から三十五歳の間かな。ブレイクリー子爵はそんなに若いのね。

『前もってブレイクリー子爵の情報がわかって良かったです』

『ブレイクリー子爵のような貴族に会おうとするくらいなんだから、憂慮するのも当然だよ。わしも何か情報を仕入れておくよ』

『ありがとうございます』

『ナツキ、今日はあなたの歓迎会よ。夕食を一緒に食べましょう』

通常、朝食しかついていないホテルなのに、親切な申し出に気持ちが弾む。

『いいんですか？』

『長旅で疲れたでしょう？　それにあなたの痩《や》せた姿を見たら、食べさせなきゃって使命感に燃えちゃうわ』

『そんな痩せているわけじゃ……』

胸が貧相なだけだ。

『いやいや、もっとふっくらした方が魅力的だぞ』

リチャードソンさんの若干のセクハラ発言も仕方がないと呑《の》み込み、肩をすくめる。

とにかく移動で疲れ切っているので、出掛けずに夕食をいただけるのはありがたい。

早めに就寝したおかげで、翌日はスッキリした気分で目が覚めた。ベッドから下りて窓を開けると、鳥のさえずりが聞こえてきて緑の匂いが鼻をくすぐる。

清々しい朝に、両手を挙げて伸びをした。

「んー、気持ちいいっ」

朝食は七時から九時の間に食べるのが規則になっている。今は八時。昨晩メアリーの手料理をたくさん食べたのに、もうおなかが空いている。

顔を洗って基礎化粧品と日焼け止めクリームを塗って、髪の毛をうしろで結ぶ。

パジャマを脱ぎ、一枚だけ持ってきた皺にならない素材のワンピースに着替える。ベージュのノースリーブでウエストを絞らないストンとした膝丈のワンピースだ。

ブレイクリー城の管理人に会いに行くので、少しだけ見栄えのいい服装にした。

スリッパを脱いで靴下に足を通し、昨日も履いていたスニーカーに足を入れて食堂へ向かう。

食堂では男女のカップルや家族連れなど、数組の客が朝食を食べていた。

メアリーが食事を作って、リチャードソンさんが運んでいる。

『おはようございます』

『ナツキ、おはよう。すぐに朝食を持ってくるよ。飲み物は好きなのを自分で入れてくれ』

そう言って、リチャードソンさんは忙しそうに食堂向こうの厨房へ入って行く。

食事をしている人たちに『おはよう』と声をかけながら、カウンターに並んでいる数種類の飲み物の前に立つ。

オレンジジュースとアイスコーヒーをグラスに注いで、空いている四人掛けのテーブルに着席すると、少ししてリチャードソンさんが朝食を運んできた。

『お待たせ。たくさん食べなさい』

『おいしそう！　いただきます』

ワンプレートに載っているのは、じゃがいもとひき肉のシェパーズパイとマッシュポテト、ソテーしたグリンピースとニンジンの付け合わせだ。他にも焼き立てのパンがある。リチャードソンさんはプレートをテーブルに置くと、ふたたび忙しそうに去って行く。

朝食をたっぷり食べたら、ランチはいらないくらいのボリュームがある。ゆっくり食べ進めてお皿の中身がなくなった頃、メアリーが『おはよう』とやって来た。

『メアリー、おはようございます。おいしい朝食をごちそうさまでした』

『たくさん食べたわね。よく眠れた？』

『はい、ぐっすりと。これから出掛けてきますね』

『いってらっしゃい。時々バイクをすっ飛ばしている若者がいるから、気をつけるんだよ』

『わかりました！』

椅子から立ち上がり、食べ終わったお皿をカウンターに持って行くと、外出の準備のためにいったん部屋に戻った。


ユースホステルからブレイクリー城までは徒歩で三十分かかる。往復一時間。なかなかの運動量だ。

ブレイクリー城までの道のりはお店など何もなく、ユースホステルで売っているミネラルウォーターのペットボトルをバッグに入れて歩いている。

道は舗装されておらず、小石が転がってデコボコしている。緑に囲まれた道をまっすぐ歩いて行く。日差しは強いが、カラッとした暑さなので汗はかかない。

ブレイクリー城まであと少し。

写真を撮りたいが、管理人に会えた場合、カメラを持っていると警戒されてしまうかなと懸念して、今日はスマホで綺麗《きれい》に咲いている花を撮る。

ナナカマドの白い花が散り始めている。赤い実をつけるナナカマドはバラ科の落葉高木で、日本では秋に色づくが、イギリスは夏の終わりになるらしい。

しだいに木々の間からちらちらと白っぽい石造りの建物が見えてきた。ブレイクリー城の城門だ。赤茶の円錐形の尖塔も見えてきた。

ドイツの有名な古城も白鳥のようだと称されているが、ブレイクリー城も湖で羽を休めている白鳥に見える。

車が二台通れるくらいの石造りの橋の手前に立ち、うっとりと城を眺《なが》めた。

「やっぱり綺麗……」

約一年ぶりに目にするブレイクリー城は、ため息がこぼれるほど優美に佇んでいる。

しかし、これから呼び鈴を鳴らすのだと思うと、とたんに緊張感に襲われる。

ドキドキ高鳴る鼓動。

石造りの橋を渡り、城門の横にある呼び鈴を前に大きく深呼吸してから、かすかに震える指先で押した。押した感触はあったが、音が何も聞こえなかったので、本当に城内に届いたのか不安になる。

『はい？　なんでしょうか？』

訛《なま》りのある、しわがれた男性の声が聞こえてきた。

ずいぶん待ったような気もしたが、実際は数分だろう。城は広いので待つのも仕方がないのだ。

『日本から来ましたナツキ・ヒロセという者です。ブレイクリー子爵にアポイントを入れさせてほしいのですが』

『旦那様はいつこちらに来るかわかりません。では』

『あの！』

プッと音がして、通話を切られてしまった。

取り付く島もなく、ガクッと肩が落ちる。

『いつ来るかわからないって、きっと常套句《じょうとうく》よね……』

気持ちがだだ下がりし、トボトボと通ってきたばかりの橋を戻る。

「落ち込むなかれ、夏妃。こんなの想定内でしょ」

自分を叱咤《しった》して背筋を伸ばす。腕時計を見れば、まだ十時だ。湖の周りを歩くことにした。

それから毎日、午前と午後にブレイクリー城へ赴《おもむ》き、目新しい車が錬鉄製の柵から見えないか確認し、一週間が経った。

今日も午前中の偵察、いや確認を終わらせて、ユースホステルの庭でアイスティーを飲んでいる。

テーブルに頬杖《づえ》をついていたが、へな～と顔を突っ伏す。

ブレイクリー子爵は週末も姿を見せなかったし、不動産会社を調べてロンドンで行動を起こした方が早いのかな……。

『ナツキ、落ち込んでいるの？』

メアリーの声にハッと顔を上げる。

『これでも食べて元気出して。ランチはまだよね？』

私の前にきゅうりのサンドイッチが置かれる。

『メアリー、ありがとう』

『いいのよ。食べなさい』

彼女も私の対面のベンチに座って、自分用のきゅうりのサンドイッチを食べる。

メアリーの優しさに癒《い》やされ、サンドイッチをひと切れ手にする。

『ブレイクリー子爵は子供のために、週末は空気のいいこっちに来ると思っていたんですが……』

『ナツキ、ブレイクリー子爵は結婚していないわよ。結婚したとしたら、村中でお祝いムードになるからわかるわ』

サンドイッチをゴクンと飲み込んで口を開く。

『え？　結婚されていない……？』

『ええ。気ままな独身貴族だから、来るのはいつになることやら……』

『ロンドンでアポイントメントを申し込むべきか、考えていたところなんです』

『でも、ブレイクリー家の窓口である秘書に断られているんでしょう？　おそらくあの女性ね』

『ええ、女性の名前でした。アニタ・オルコット……』

メッセージの最後に書かれていた名前は忘れようにも忘れられない。

『数回、子爵と一緒のところを見かけているわ。秘書がロンドンを離れてまで一緒ってことは、恋人だと村人は噂《うわさ》していたから』

『なぜその女性が秘書だとわかったんですか？』

首を傾《かし》げてメアリーに尋ねる。

村の雑貨店で買い物をしたときに、自分は秘書だと言ったらしいわ。でも恋人だとも匂わせていたと』

『ロンドンの方が、ブレイクリー子爵に会うのは困難になりそうですね』

電話でアポイントメントをお願いしたところで、これまで三度も断られているのだから、今回も取り次いでもらえないと推測する。

『やっぱりここで待つしかないですね』

『ナツキ、いつまでもいていいのよ？　宿代はおまけしますからね』

メアリーは茶目っ気たっぷりに言って、ぱくりとサンドイッチを頬張った。

イギリスに来てから一週間が経つが、ひとりで過ごす長い夜は、撮った写真を選別して若干ボケたものや気に入らない構図のものを削除したり、以前調べ上げた他の古城のデータを元に執筆したりしている。

メインはブレイクリー城なので、他の古城は付録みたいなものだ。書籍の企画をブレイクリー子爵に納得してもらって了承を得た場合だが。

メアリーの手作りサンドイッチをいただいたあとは、ふたたびブレイクリー城へ向かいながら、一眼レフカメラで城に続く道端に咲いた野草を撮っている。

ブレイクリー城にかかる橋の十メートルほど手前から何枚も写真を撮っていると、

後方から車のエンジン音が聞こえてきた。

ハッとして振り返ると、黒塗りの高級車が私の脇を通り過ぎた。

一瞬だったが、制帽と制服を着た運転手と、後方に座る男性が見えた。

この一週間、ここで車を見たのは初めてだ。

もしかして、ブレイクリー子爵!?

車は橋を渡っている。

『待って！　待ってください！』

車の窓は閉じている。車内まで声が聞こえるとは夢にも思っていないが、英語ででできる限り大きな声で叫《さけ》びながら車を追いかける。

「あ！　きゃっ！」

道に転がっていた大きめの石を踏んでしまい、地面に体が叩《たた》きつけられる。

「いったぁ……」

手に持っていた一眼レフカメラは、なんとか地面に落とさず無事だ。

転んだ時点で車を追うのをあきらめたが、驚くことに車がゆっくりしたスピードでバックしてきた。

フラフラと立ち上がると、膝が痛んだ。だけど、その痛みよりも近づいてくる車を注視して待つ。

立ち尽くす私から数メートルあけて、車は停止した。

ブレイクリー子爵が車内にいるのか、ドキドキ心臓が暴れ、固唾《かたず》を呑む。

運転席から運転手が降りて、後部座席のドアが開けられた。

ジッと見ていると、さらっとした少し長めの黒髪の男性が姿を現した。

目鼻立ちは、歴史に名を馳せた彫刻家が作ったかのような完璧なバランス。東洋人の雰囲気《ふんいき》も醸し出す、どこかミステリアスで美麗な男性だった。

身長は百九十センチ近いのではないだろうか。

きっと、この人がブレイクリー子爵だわ……。

男性に見惚《みと》れている間に、いつの間にか彼は私の目の前に立っていた。

薄い唇を不機嫌そうに歪《ゆが》めて私を見下ろす。

『あの……』

そう口にしたのはいいけれど、言葉が続かない。頭が真っ白だ。

ブレイクリー子爵に面会できたら、何がなんでも取材させてもらえるよう説得してみせる！　だなんて意気込んでいたのに、実際にブレイクリー子爵を前にして、言葉がまったく出てこない。

『転んだようだが、怪我は？　ここで何をしていた？』

怪我の具合を尋ねてくれるのは紳士的だが、本当は何をしていたのか聞きに戻って来たのではないだろうか。不機嫌そうな声なのに、魅力的に聞こえる。

『怪我は大丈夫です。あの、あなたはブレイクリー子爵でしょうか？』

今日は膝丈のハーフパンツだったので、地面と遮《さえぎ》る布がなく、膝から血が滲《にじ》み始めている。

『そうだが？』

『日本から来ましたナツキ・ヒロセと申します。フリーライターで、こちらのブレイクリー城をぜひ、私が作る書籍に載せたいと熱望しています。こちらは企画書になります。どうか目を通してください』

毎日持ち歩いている布のトートバッグから企画書の入ったファイルを取り出して、ブレイクリー子爵に差し出す。

「日本人か……」

突然英語から日本語に替えて、彼は重々しく呟《つぶや》く。

ブレイクリー子爵は日本語が話せるようだ。日本人と遜色ないイントネーションだった。

ということは、東洋人のお母様は日本人？

しかし、彼が日本語を話せたとしても礼儀として英語を使おう。

『お願いです！　企画書を読んでいただけませんでしょうか？』

受け取ってもらえないファイルをグッと差し出す。

「忙しいんだ。そういったものを見ている暇はない。では失礼するよ」

日本語ではっきり断られる。

『ちょっと待ってください！　お願いします！』

車に近づく背について行こうとするが、転んだときに打った膝が痛んで立ち止まる。

膝の激痛を和らげようと手で押さえながら、それでもあきらめられずに脚を引きずりながら追いかけようとしたが、ふいにブレイクリー子爵が振り返り、戻って来る。

そして、驚くことに片膝を私の前でついた。

『何を……？』

困惑してじりっと一歩後退しようとする。

「おとなしくしろ。血が滲んで服が汚れるぞ」

そう日本語で言って、彼はポケットから出したシルクのハンカチを私の膝に巻いた。

『ハ、ハンカチの方が高価です』

私の会話はは英語だ。

立ち上がったブレイクリー子爵がふいに笑い出す。

「私は日本語なのに、おかしくないか？　クッ」

『申し訳ありません。下手な英語ですが、礼儀的に……』

ブレイクリー子爵の顔が美麗すぎて、目と目が合うと恥ずかしさに逸《そ》らしたくなる。

彼の瞳の色まではっきり見える。黒っぽい輪郭で色素が薄い茶色だった。

見惚れている自分にハッとして、頭を左右に振る。

『お願いします。企画書をご覧になってください。秘書の方には三回メッセージで断られていますが、どうしてもブレイクリー子爵に目を通していただきたくて、日本から来たんです』

「秘書に三回断られている？」

きゅっと形のいい眉根が寄せられる。

「わかった。企画書を預かろう」

企画書を預かろう……？

差し出された手に、慌ててファイルを渡す。

『よろしくお願いします』

受け取ってもらえた。信じられない気持ちで頭を深く下げた。

「返事は数日以内に。足首は痛めていないか？　歩けないようなら送っていくが」

『いえ、大丈夫です。ちゃんと歩けます』

「そうか。では、失礼するよ」

ブレイクリー子爵は車に戻り、すかさず運転手が開けたドアから乗り込んだ。

彼を乗せた車は、ゆっくりと城門に向かって走り去った。

ていよく追い払われたんじゃないよね……？

すでに城門は開けられており、遠目だが男性がひとり錬鉄製の柵のそばに立っていた。車が城門の中へ入って行くと、その男性が柵を閉じる。そしてブレイクリー子爵の乗った車が見えなくなったのを確認し、私は来た道を戻るために歩き出した。

とりあえず企画書は受け取ってもらえた。あとは祈るだけだ。

オファーを受けてもらえるのか不安と期待にドキドキしながらの帰り道だった。

ユースホステルのドアを開けると、カウンター席にリチャードソンさんが座ってテレビを観ていた。

『おかえり。今日は早いじゃないか』

『聞いてください。ブレイクリー子爵に企画書を渡せたんです！』

『おお、今日いらしたのか。よく会えたじゃないか』

私たちの声が聞こえて奥からメアリーも現れる。

『ナツキ、お茶をしながら話を聞かせて』

毎日色々なお客さんを迎えていても、当たり障りない話だけで平凡な時間を過ごすメアリーは話を聞きたがる。私は『手を洗ってきますね』と断りを入れてから、一度部屋へ行く。実際は擦りむいた膝を洗いたいのだ。

ブレイクリー子爵に巻かれたハンカチは、彼が去ってすぐに外してしまった。シルクの高級ハンカチは少し血がついているが、紺色なので赤い色は目立たない。

洗面所で水を出して高級ハンカチを洗う。特に血のついた個所は念入りに。

「う～ん……、落ちたかな……」

水に濡《ぬ》れたせいで、紺色のハンカチはさらに深い色になってしまい、汚れが落ちたのかわからなくなる。触り心地のいいシルクの生地を絞り、皺にならないように手アイロンをしてから、日本から持参している丸ハンガーにぶら下げて日陰につるす。

それから濡らしたティッシュで膝を拭いていると、ブレイクリー子爵が片膝をついてくれたときのことを思い出してしまう。

片膝をつくだなんて、王子様みたいだった……。「王子様」といったって、あながち間違っていないわよね。貴族なんだし。

顔、ルックス、身長、非の打ち所がない気品漂う男性だったな。美麗な顔で日本語を流暢に話すのは違和感があったけれど。

最初は仏頂面だったけれど、小さくだけど笑ってくれたから、親近感が持てた。でも、それと企画を受け入れてくれるかは別よね……。

食堂へ行くと、外から『ナツキ、こっちよ』と声がかかる。庭へ向かうと、リチャードソンさん夫婦が座る向かいのベンチへ腰を下ろす。スコーンとアイスティーを用意してくれていた。田舎に帰ってきた孫みたいに扱われて、ふたりには感謝している。

『さあさ、喉が渇いたでしょ。飲みなさい。スコーンも焼き立てよ』

『いただきます』

アイスティーをゴクッとひと口飲んで、「はぁ～」とため息を漏《も》らす。

『すごく喉が渇いていたみたいです。アイスティーおいしい』

『あらあら、ブレイクリー子爵に会って緊張したんじゃないの？　どうやって会えたの？　さあ、早く話して』

メアリーの瞳が輝いている。

『メアリー、ナツキにスコーンも食べさせなさい。話はそれからだ』

話を急かす妻にリチャードソンさんは笑いながら、スコーンとクロテッドクリームとジャムの入っているお皿を私の方へずらした。

『ありがとうございます』

スコーンとクロテッドクリームをお皿に取って、ひと口食べてから口を開く。

『お城の橋の近くの道で野草の写真を撮っていたら、車が通り過ぎたんです。慌てて追いかけたら、転んでしまって』

『おや、怪我は大丈夫だったのかい?』

リチャードソン夫妻は心配そうな顔になる。

『擦りむいた程度なので』

『塗り薬を持ってきてあげよう』

リチャードソンさんはいったん家の中に引っ込み、薬を持って戻って来る。

『ありがとうございます』

日本にある擦り傷に効く軟膏に似ている。ありがたく、それを擦りむいた膝に塗った。

ひと息つくと、身を乗り出しているメアリーにふたたび急かされて口を開く。

『そのときは痛くて足を引きながら追いかけたんです。そうしたら一度橋を渡った車がバックして私の近くに止まって』

『転んでしまった女性を見過ごせなかったんだろう。さすがブレイクリー子爵だ。見知らぬ女性を助けるとは紳士だな』

リチャードソンさんはうれしそうにうんうんと頷く。

実際、圧倒されるような気品はあったけれど、迷惑そうだったのは否《いな》めない。だから紳士だったのかなと、首を傾げたくなる。

『ナツキ、ブレイクリー子爵は素敵《すてき》だったでしょう』

『そ……うですね』

素敵だったけれど、先ほどのやり取りから素直に頷けない。

『それで、企画書を受け取ってくれたのね』

『はい』

『ブレイクリー子爵から、良い返事がもらえるといいな』

本当にそれだけが私の望みだ。

企画書を受け取ってくれた際、秘書に断られたと言ったら、怪訝《けげん》そうな顔になっていた。やっぱり話は通っていなかったみたいだ。

二、憧れのブレイクリー城内へ

「電車に乗って、近隣の城館《カントリー・ハウス》を見に行きたいな」

部屋の窓辺に椅子《いす》を置いて、緑色の木々を眺《なが》めながらボソッとこぼす。

腕時計を何度見ても時間はほとんど進まず、現在は十三時過ぎ。

ブレイクリー子爵から連絡を待つ間、いつ電話が来るのかわからないので、遠出するわけにはいかず、村からブレイクリー城を散歩するしかできていない。夜は執筆に当てている。

企画書をブレイクリー子爵に手渡してから二日が経っている。

忙しいと言っていたもんね……。

ブレイクリー城は、自国の書籍でさえも簡易的に紹介されているだけだ。

村にある小さな図書館で、イギリスの古城が載っている書籍を確認したが、どれもブレイクリー城の外観写真と所有者、簡単な歴史しか載っていなかった。しかも城の所有者は、ブレイクリー子爵の父である伯爵のまま。

その本によると、ブレイクリー城はジョージ三世の第四王子であるケント公エドワードのひとり娘のヴィクトリアがハノーヴァー朝第六代女王に即位した頃の建築物だ。この時代は〝ヴィクトリア朝〟とも呼ばれ、貴族たちは華やかな生活を送っていたという。

昨年の一般公開で城を訪れたときは、玄関ホールから広間《サルーン》まで観覧できたが、写真は禁止されていたので、目に焼きつけただけだった。

サルーンは円筒形の吹き抜けで、イタリアの有名建築画家が手掛けた天国の絵画やゴシック様式の尖塔アーチが美しかった。また実際に見てみたいし、他の場所がだめならその二カ所だけでも取材させてほしいと切に願っている。

「ブレイクリー子爵はいつまでここにいるのかな……」

今日は土曜日なので、週明けにはロンドンへ戻ってしまいそうで不安になる。

彼がここにいる間に、もう一度話をすることはできるの？

デスクの上に置かれた紺色のシルクのハンカチへ視線を向ける。メアリーにアイロンを貸してもらって、皺《しわ》ひとつなくきちんと畳んである。

まさか、ひと言もなく去るつもりじゃないわよね……？

そう思ったら居ても立っても居られず、ハンカチを手にして部屋を飛び出した。

三十分かけてブレイクリー城の橋までやって来た。ブレイクリー子爵に会ったら、状況をうかがいハンカチを返すつもりだ。

そんな偶然はもうないだろうが、かすかな期待を胸に湖をぐるりと一周歩く。約一時間かかるが、どこからもブレイクリー城が見え、色々な姿を眺められる。

「向こうの空が暗くなってきたわ。もう帰らなきゃ」

ユースホステルを出たときは青空が広がり、所々にぽっかりと白い雲が浮かんでいたというのに、ブレイクリー城を一周したところで、空は灰色の雲が立ち込めポツポツ雨が降り出してきた。

「はぁ～、ついていない」

小道を駆け出したが、けっこうな降りになってきた。

木の下で雨宿りをする？　でも、濡《ぬ》れちゃったんだからこのまま行こう。

目の上に手を当てて、ひさし代わりにして走りだす。ユースホステルまで半分の道のりを無我夢中で駆けていると、私の横に突然車が止まった。

びっくりして足を止めると、見覚えのある黒の高級車だ。城の方向から来たのだから、ブレイクリー子爵の車に間違いない。

そう思うと同時に、胸がドキドキと高鳴った。

後部座席のドアが内側から開き、ブレイクリー子爵が顔を覗《のぞ》かせる。

「乗って」

会えたらいいなと思ってはいたが、実際会えてびっくりしている。

「ほら、早く乗りなさい。濡れてしまう」

ブレイクリー子爵は、ぼうぜんと突っ立っている私にそっけなく告げる。彼の言葉は相変わらずの日本語だ。

『だ、だめです。もうすでにびしょ濡れなので車を汚してしまいます』

英語でそう返しながら思い出したのは、ポケットに入れていた彼のハンカチ。

『あの、これ……』

綿のゆったりとしたパンツのポケットから出してみたものの、ハンカチも全部ではないが濡れていた。差し出した手が止まる。

『申し訳ありません。もう一度洗濯してお返しします』

「とにかく乗るんだ。車は気にしないでいい」

車を汚してしまうことに躊躇《ちゅうちょ》するが、これはブレイクリー子爵と話をするチャンスではないだろうか。

『では……失礼します』

後部座席の彼の隣に座ると、まだ手に持っていたハンカチが取られて頭を拭《ぬぐ》われる。軽く水気を拭き取ってくれるブレイクリー子爵の大きな手が頬をかすめ、思わず動揺してしまう。ふと、車は城を離れてどこへ行くのだろうと思った。

『ありがとうございます。ご迷惑をおかけして申し訳ありません』

英語で話すと、ブレイクリー子爵は肩をすくめる。

「幼い頃から、困っている女性に手を貸すように育てられているだけだ」

そっけなく日本語で言って、運転手に車を出すように英語で指示を出す。

車が静かに動き出し、フロントワイパーがせわしなく動く。

雨足が強くなってきたようだ。

「ミズ・ヒロセ。日本語で話してくれないか？　最近では話す機会もなくなって、さびつかないように話したいんだ」

私の名前を覚えてくれていたんだ……。

あのとき、一度名乗っただけなので、企画書にある名前を見てくれたに違いない。

期待に笑みが浮かぶ。

「……そういうことでしたら」

私は日本語に切り替えて頷《うなず》いた。

「君は見かけるたびに、走っているな」

揶揄《からか》うように言われ、頬がかっと熱くなる。

「……ユースホステルに戻るまでは、雨に降られないと思っていたんです」

「イギリスの天気は変わりやすいからな」

「本当に、その通りですね」

ブレイクリー子爵から受け取ったハンカチを畳みながら、私は小さくため息をつく。

「君はユースホステルに泊まっているのか？」

「はい。ここから一番近いリチャードソンさんのユースホステルに滞在しています。

ブレイクリー子爵、企画書に目を通していただけたのでしょうか……？」

「ああ、読ませてもらった。熱量がすごく、なかなかアピールの強い企画書だった。

だが、その方がやる気を相手側に感じさせられるだろう」

その言葉にホッと安堵しつつも、心臓が痛いくらいドキドキしてくる。

緊張した面持ちで固唾を呑《の》み、ブレイクリー子爵の綺麗《きれい》な茶色の瞳を見つめる。

私の緊張がわかっているのだろう。彼は口角を上げた。

「あの城を調べるのは時間がかかるが、大丈夫か？」

「はいっ！　どんなに時間がかかっても問題ありません！　リチャードソンさんのと

ころから通わせていただきます」

私の意気込みにブレイクリー子爵は苦笑いを浮かべる。

「草稿から私に見させてくれ」

「もちろんです」

「君の熱意に負けたよ。プライベートなスペースを除いて、城内は好きに歩き回ってかまわない」

あのお城を取材できる！

興奮のあまり体が震える。

「ありがとうございます！　ブレイクリー子爵、感謝申し上げます！　あ、あの報酬の件も大丈夫でしょうか？」

取材のお礼は印税の四％にしてある。なんといっても、書籍のメインの城館なのだから。

「君の取り分は六％？　他の城も取り上げるんだろう？　それでは少ないのでは？」

「飛行機代や滞在費が賄われればいいんです」

今回の書籍は、編集部から制作費を出してもらうことになっているが、ブレイクリー子爵との取材交渉や、イギリス各地の城の取材もあって、足が出ることはわかりきっていた。その分は自腹を切ることも納得済みで、編集部も了承している。

だから、写真を撮るのも原稿を書くのも自分でやって、できるだけ節約したいと思っていた。これもすべて、自分の名前で本を出すためだ。

「わかった。契約書はこちらで作成して後日取り交わそう」

「ありがとうございます」

頭を何度も下げたところで、ユースホステルの前に止まった。

「所用でロンドンへ戻る。明後日こちらに戻るから、それまで待ってほしい」

「わかりました。本当にありがとうございました」

もう一度お辞儀をすると、運転手が後部座席のドアを外から開けた。

「明後日、十時に迎えを行かせる」

「大丈夫です。歩いて行けます。絶対に遅刻しませんから。それでは失礼いたします」

車から降りると傘を差した運転手が待っていて、私をひさしのある玄関まで送り届けてくれる。

運転手が運転席へ戻り、ブレイクリー子爵を乗せた車は立ち去った。

しばし車を見送っていた私はくるっと踵《きびす》を返し、「やったわ！　ＯＫもらえたわ！」と喜び勇みながら室内へ入った。

『ナツキ、雨に降られて大丈夫だったかい？』

リチャードソンさんがカウンター席から立ち上がる。

『はいっ！　リチャードソンさん、取材にOKが出たんです！』

『それはすごい！　おめでとう。メアリー、メアリー！』

リチャードソンさんは奥の部屋にいる妻を呼ぶ。

『何ごとなの？』

家事をしていたのか、メアリーはエプロンで手を拭きながら現れた。

『おや、ナツキ、濡れているじゃないの』

『大丈夫よ。それより聞いて！　ブレイクリー城の取材を許されたの！』

『まあ！　おめでとう！　今日は最高の日ね』

にっこりと笑ったメアリーはギュッとハグをしてくれた。


部屋に戻りシャワーを浴びてひと息つくと、さっそく書籍担当編集の関口《せきぐち》さんへ、ブレイクリー城の取材のOKをもらえたことをメールで報告する。

興奮は未だに冷めず、すぐに頬が緩んでしまう。

悠里《ゆうり》もずっと心配して何度もメッセージを送ってくれていたけれど、色よい返事はできず心苦しく思っていた。

だけど今日は、意気揚々と無事に取材を許してもらえた旨《むね》を書いて送った。

日本時間は十一時近くになっていたが、すぐに悠里から返事がきた。

【やったじゃない！　行動を起こして良かったね。城主に色目を使われないように気をつけるのよ】

色目……。

悠里はブレイクリー城の城主が、子爵の父の伯爵だと思っている。

「私に色目を使うよりも、綺麗な女性がブレイクリー子爵には群がっていそうよ」

ブレイクリー子爵の端整な顔を思い出して独り言を呟《つぶや》く。

詳しく書くのも面倒なので、【了解】のスタンプを送った。

翌日の午前中、関口さんから電話がかかってきた。

「広瀬《ひろせ》です」

《関口です。朗報ありがとうございます。渡英した甲斐《かい》がありましたね》

「はい。ホッとしました」

スマホを耳に当てながら微笑《ほほえ》む。

《それで……大丈夫ですか？》

「え？　大丈夫、とは……？」

《広瀬さんが城主に言い寄られていないか心配になりまして》

悠里も変な心配をしていたが、城主といえばそんな想像をしてしまうのだろうかと首を傾《かし》げてしまう。

「それはないです」

《広瀬さんは綺麗なので心配ですよ。では、また進捗報告お願いします》

綺麗……。

関口さんの口から出ると困惑しかないが、さらっとスルーをして「わかりました。またご連絡をします」と言って通話を切った。

約束の日までがこんなに長く感じるのは初めてだった。

企画書を渡してから、返事を待つ時間も長かったが、今回は城内に入れると思うとわくわくが止まらなくて、ＯＫをもらった日からずっと興奮しっぱなしだ。

「これでよし！」

一眼レフカメラや取材ノート、筆記用具などを入れたトートバッグを肩に提げる。

一昨日、濡らしてしまったブレイクリー子爵のハンカチも、丁寧にアイロンをかけてバッグに入っている。

十時の約束なので、九時三十分にユースホステルを出ようと階下へ足を運ぶと、見たことのある制服を着た男性が、ちょうど玄関を入ってきたところだった。

『ミズ・ヒロセ。お迎えにあがりました』

『え……、ありがとうございます。歩いて行けるのでお断りをしたとばかり……』

『旦那様が〝また転ばれると困る〟とおっしゃっていました』

ちょっと強面《こわもて》の運転手の口からユーモアたっぷりな言葉が出て、私はクスッと笑ってしまう。

『あのときは車を追いかけたので、いつもはそんなドジはしないんですよ』

運転手は楽しそうに笑い、玄関のドアを開ける。

『リチャードソンさん、いってきます』

『ああ。楽しんでおいで』

にこやかに送り出されて、運転手と共に車に向かった。

念願の古城へ入れることになったせいか、乗り慣れない高級車に乗っているせいか、周りの景色がいつもと違ってきらきらと明るく感じた。

いつもこの道を通るときは、取材を受けてくれるかずっと心配していたから、景色も気分ひとつで変わるものだ。

車は錬鉄製の柵を通り、丁寧に手入れされた樹木や草花のイングリッシュガーデンを進み、城壁に囲まれた城の前に車がつけられる。運転手が後部座席のドアを開ける前に自ら開けて車外へ出て、うっとりとため息を漏《も》らす。

やっとここへ来ることができて感無量な気持ちだ。

そこへ、白髪でチャコールグレーのスーツを身に着けた男性が近づいてきて『いらっしゃいませ。旦那様がお待ちしております』と出迎えられる。

『よろしくお願いします』

おそらく執事《バトラー》と推測する。彼に案内され、城内に足を踏み入れる。

芸術的な玄関ホールを通り、サルーンへ案内される。この二カ所は一般公開時に見学したことがある場所だ。

記憶にある通り、歴史を感じさせる素晴《すば》らしい室内だ。

城内はひんやりと涼しい気がする。この広い空間でエアコンを使うのはとてつもない金額になるだろうし、ほとんど人がいないのに冷房を入れても、無駄《むだ》というものだろう。

サルーンにはブルーと生成りのストライプのソファが置いてある。もちろんアンティークだろう。いつの年代のものか調べるのが楽しみだ。

そのソファに座るように男性に告げられ、信じられない思いでおそるおそる腰を下ろした。以前、訪れたときはステンレス製のスタンドポールで仕切られて、近づくことができなかったから。

そこへ黒いシャツとグレーのスラックス姿のブレイクリー子爵が現れ、ソファから立ち上がる。

『ブレイクリー子爵、許可をしてくださり、ありがとうございます』

今日の私は、日本から持ってきていた唯一のワンピースを着ていた。

もう少しフォーマルな衣装も用意しておけばよかったと、少し後悔する。

お辞儀をする私に彼は座るように告げ、彼の斜め横にあるひとり掛けのソファに腰を下ろした。

「まず、前にも言ったが、私と話すときは日本語で頼む。呼び方だがブレイクリー子爵では長いし、仰々《ぎょうぎょう》しいのは面倒だ。私のことは瑠偉《るい》と呼んでくれ。君のことは夏妃《なつき》と呼ばせてもらう」

「……いいのでしょうか？　私の名前はそう呼んでいただいてかまわないのですが、貴族のあなたに対して馴《な》れ馴れしすぎるのでは？」

「かまわない。君はわが城を日本で紹介してくれる人なのだから、引き受けた以上、丁重に扱うと約束しよう。私が留守のときは、バトラーが面倒を見てくれる。バトラーは代々ブレイクリー城で働いてくれている者だ」

「わかりました。素晴らしいブレイクリー城をしっかり紹介できるように頑張ります」

そこへ黒いワンピースに白いエプロンを着けた年配の女性が、ワゴンを押して現れる。

「管理人の妻、イヴリンだ。彼女がここのハウスキーパーだ。この城館には数人のメイドが働いていて、イヴリンに指示を任せている」

イヴリンはアイスティーと焼き菓子が載ったお皿をテーブルに置く。

汚したらゾッとしてしまうほどの、年代物のテーブルなのに……。

テーブルには象嵌《ぞうがん》の細工がされていて、アイスティーの入ったグラスにはコースターが敷かれているが、それでも心配になる。

「お茶をどうぞ。飲み終わったらバトラーに案内させるが、その前に君のことを知りたい。可愛い泥棒だったたってこともあり得るからね」

可愛い泥棒……。

「もちろんです。瑠偉……様?」

次の瞬間、彼が噴《ふ》き出して笑う。

「瑠偉様？　やめてくれ。せめて〝瑠偉さん〟って呼んでくれ。瑠偉の漢字は王に留めるに偉人の〝偉〟だ。母が漢字を教えてくれて気に入っているんだ」

「素敵《すてき》な漢字ですね……わかりました。瑠偉さんと呼ばせていただきます」

トートバッグからパスポートを出して、彼の前に置く。

「企画書の最後のページに私の身上書がありますので、それほど追加することはないのですが、実家は軽井沢でペンションを経営しています」

「軽井沢……母が生きていた最後の年に訪れたことがある」

お母様の話をするときは、どこか懐かしむような感じを受けたが、やっぱり亡くなっていたんだ。彼のお父様である伯爵は、何年もこの地を訪れていなかったというから、リチャードソン夫妻もその件は知らなかったのだろう。

幼い頃は頻繁に訪れていたとリチャードソンさんは話していたから、もしかしてこのお城は、お母様との思い出がたくさん詰まっているのかもしれない。

「編集プロダクションを退職したとあったが、大学を卒業して五年も務めたんだろう？　なぜフリーライターになったんだ？」

「幼い頃から西洋のお城が好きで、色々な写真集などを見てきました。働くようになって財政的にも海外旅行へ行けるようになったので、長期休暇や有休を使ってあちこちの城館見学に費やしていました」

熱を込めすぎてしまい喉が渇き、「いただきます」と言ってアイスティーを口にする。

「フリーライターなろうと決心したのは、このお城の一部が一般公開されたフェスティバルで拝見させていただいてからです。まだ知られていないお城を紹介したいと思ったんです」

「なるほど……実は君のことを前の職場にも問い合わせている。見知らぬ人物を企画書だけで信用するのは無謀だからね」

「そうされると思いました。引き受けてくださったということは、合格をいただいたと考えてもいいのでしょうか？」

「ああ。とりあえず夏妃の仕事ぶりを拝見するとしよう。焼き菓子もどうぞ」

瑠偉さんは数種類の焼き菓子が載ったお皿を私の方にずらした。

「ありがとうございます。いただきます」

ショートブレッドを手にして食べる。甘味が抑えられていてとてもおいしい。

食べ終えたところでバトラーが戻って来て、これから城を案内してくれると言う。

取材の期間、城に滞在する時間は八時から十七時までと決まった。

「電話を数本かけなくてはならないから、わからないことはバトラーに聞いてくれ」

「はい。そうします」

瑠偉さんはバトラーに任せて立ち去った。

『それではご案内いたします。まずはこのサルーンですが、尖塔アーチが多用されておりますが、ゴシック様式の特徴でございます』

バトラーは日本語を話せないので、英語でのやり取りだ。

サルーンはかなりの広さで、玄関ホールから入ったところには、天国の図があり、よくよく見ると苦しんでいる人々もいたり、幸せそうな人々もいたり、そして天へ向かって飛ぶ天使などがいたりした。

尖塔アーチを隔《へだ》てた半分は、たった今座っていたソファのある部屋で、ここは吹き抜けになっており、天井は明かり取りの窓がいくつもある。

ブレイクリー城は三階建てで、一階は歴史の詰まった書斎や図書室、ドローイングルームと呼ばれる応接間、大小のダイニングルーム、厨房、洗濯室、お客様を楽しませるビリヤードルームなどがある。

現在使われているのは厨房と小さい規模のダイニングルーム。

瑠偉さんとバトラーの部屋は二階。管理人や使用人たちは別棟の建物に住み込んでいる。他に庭師も数人いると教えてくれる。

私を迎えに来てくれた運転手も別棟に泊まっている。瑠偉さんのお抱え運転手はロンドンへ戻ると、向こうの邸宅の使用人室に住んでいるらしい。

使用人の数も多いし、お城の維持費も莫大な金額になるだろう。

はぁ～、貴族って大変かもしれない。

そう思うが、お城の内部をあちこち案内されて、執筆意欲がふつふつと湧いてきている。写真もたくさん撮らなければ。

天気によっても部屋の色彩が変わってくるので、毎日撮って、最終的に実物と遜色ないものにしなければならない。

廊下もものすごい価値のある調度品などが飾られている。

バトラーに案内されながら、このお城を書籍としてまとめるには、ものすごい労力が必要だろうと歩く。

『図書室にブレイクリー城の歴史をまとめた文献がございます。私も可能な限りご質問にはお答えできるように旦那様から申し付けられておりますので、遠慮なくどうぞ』

威厳を持ったとっつきにくい雰囲気《ふんいき》を持つバトラーだと思ったが、城について説明する姿は誇《ほこ》らしさがあふれていた。

『ありがとうございます。それでは明日から図書室で調べさせていただきます』

『まだ他にも見る部屋もあります。その前にお昼食をどうぞ。こちらでございます』

ダイニングルームへ案内されて、長方形の十二人座れるアンティークテーブルの端にふたり分のカトラリーが用意されている。

主の座る上座の斜め前の椅子をバトラーは引き、私を座らせたところで、瑠偉さんが姿を見せる。バトラーは上座の席を動かし、うやうやしく頭を下げた。

瑠偉さんはバトラーが引いた椅子に腰を下ろす。

「一階は見終わった？」

「はい。ただただ圧倒されるばかりで、貴重なものを見せていただき本当に感謝しています。それに食事も。申し訳ありません」

イヴリンがやって来て、メイドと共に料理を並べていく。

「近辺で食事ができるところはないし、ここで食事をするのは当然だ。午後は庭や外の建物を案内させるよ」

「お手数おかけします」

着座したまま頭を下げる。

イヴリンは私たちのお皿に給仕をする。おいしそうなコテージパイや、豆のサラダ、ダークチェリーとカスタードの甘いペストリーやスコーンなどだ。

パスティと呼ばれる餃子型のパイもあり、主に牛ひき肉、玉ねぎ、じゃがいもなどが入っている。贅沢《ぜいたく》な昼食だ。

「どうぞ。遠慮せずに召し上がれ」

「いただきます」

瑠偉さんはナイフとフォークを使って食べ始める。

美しいテーブルマナーで、品位のある食事の仕方に、私も恥ずかしくないように食べなければと、カトラリーを手にした。

コテージパイをひと口食べて、そのおいしさに目を丸くする。

中身は牛ひき肉とじゃがいもで、メアリーも得意料理だけれど、口に入れたときのマッシュポテトの滑らかさや味付けが違うのかもしれない。

「秘書に確認した。君のオファーを私に通さずに断ったのは、私の手を煩《わずら》わせないようにしたためだと」

やっぱり瑠偉さんは私のメールを見ていなかったんだ。

「夏妃と同じような企画が送られてくることは月に何度もある。元々、この城を世間に広く公表するつもりはなかったから、秘書の判断に委ねていたんだ」

「未知の古城を紹介したいというのは、同じですね」

「そうだな。だが、君はめげずにやって来た。断ろうと考えていたが、その熱意を評価したんだ。それに母の祖国である日本で、この城が初めて紹介されるのもよいと思い直した」

渡英して良かった。

餃子型のパスティを瑠偉さんは手で食べ始めたので、ホッと安堵する。ナイフとフォークではきっとポロポロこぼしてしまうだろうと思っていたのだ。

私もそれに倣《なら》って口へ運ぶ。

一時間ほどかけて大満足の昼食を終わらせ、瑠偉さんはふたたびその場から離れ、私はバトラーの案内で庭に出た。


十六時過ぎ、車で送られてユースホステルに戻って来た。

今日はあちこち案内されて疲れ果てている。だけど、その疲労感はうれしいものだ。

明日から城内の写真を撮り、それを元に図書室で文献調査を始める。

ユースホステルでは、リチャードソン夫妻が待ちかねたようにいて、ブレイクリー城の話を聞きたがった。ざっと今日の出来事を話して部屋へ上がる。

「はぁ～疲れた……」

親切なバトラーが始終そばにいて説明をしてくれていたせいで、ずっと緊張しっぱなしだった。

素晴らしい古城を明確に紹介するのは責任重大だ。

「でも、与えられたこのチャンスをしっかりやらなくちゃ」

明日が楽しみでならない。

お土産にもらったスコーンで夕食を済ませると、シャワーを浴びて早めに就寝することにした。

三、思いがけないアクシデント

翌日は八時三十分にユースホステルを出た。万が一、迎えの車が来たとしても途中で会えるだろう。

足取り軽く橋を渡り、錬鉄製の柵の横にあるチャイムを鳴らすと、すぐ横にある門番の家から管理人の男性が出てきて開けてくれる。

『おはようございます』

最初にアプローチしたときに無下《むげ》に断ってきた男性だが、今日はバトラーから話を通してもらっているのですんなりと招き入れられ、丁重に頭を下げられる。

『おはようございます。これからどうぞよろしくお願いします』

私もお辞儀をして、中央のイングリッシュガーデンを見ながら歩を進める。門から徒歩十分ほどかかる距離だ。

そこへ黒塗りの高級車がやって来て、少し手前で止まり運転手が出てくる。

『ああ、もういらしたんですか。今からお迎えに向かおうと思っていたのですが』

『ありがとうございます。でも、大丈夫ですので』

『でも、旦那様から指示が……』

『今日会えたら話しておきますね』

当惑気味の運転手と別れて、さらにお城へと向かった。

重厚な扉の前でバトラーが待っていた。管理人から連絡が行ったのだろう。

『おはようございます。今日もよろしくお願いします』

挨拶《あいさつ》をして城の中へ招かれる。

『ミズ・ヒロセはアクティブな方なのですね』

『え？　どうしてですか？』

『城へやって来る女性は歩くことを嫌いますから』

誰のことを言っているのだろう……。

『……それは時と場合に寄ります。私はお仕事で来ていますし。極力お手数をおかけしたくありません。今日は図書室で調べ物をさせていただきますね』

『かしこまりました』

バトラーは玄関ホールから廊下へ進み、図書室のドアを開けてくれた。

お礼を伝えて入室し、昨日バトラーが城に関しての文献が置いてある棚を教えてくれていたので、日本の図書館のような長テーブルの上にトートバッグを置いてその場所に立った。

　手製本で、取り扱いに要注意だ。古すぎるものはミミズが這ったような文字で解読不明なので、比較的新しいものを手にしたところで、それが横からひょいっと取り上げられて戻される。

「それはほとんど参考にならない」

　瑠偉《るい》さんだった。

「おはようございます、瑠偉さん」

「ああ、おはよう。この本だが、曾祖父が歴史研究家に依頼し、古い書物を解読させて書かせた本がある」

　私より二十センチ以上身長差がある瑠偉さんは難なく高い場所の書物を手にした。そこで埃《ほこり》がふわっと立って、彼は顔をしかめた。

「とりあえずそれが一番わかりやすいと思う。ここのものはメイドに掃除をさせよう。埃がすごい」

「お仕事を増やすわけにはいきません」

「いや、どこも埃のないように綺麗《きれい》にしておくべきだ。そうでないと、歴史ある大事なものが朽《く》ちていくばかりだから」

『ジェームズ』

瑠偉さんはドアのところに控えていたバトラーを呼ぶ。

『掃除を徹底するように頼む。それとこれも埃をとってくれ』

彼は英語に切り替え、バトラーに指示を出す。

『申し訳ございません。怠《おこた》っておりました。こちらはすぐに』

バトラーは、血相を変えた様子で瑠偉さんから受け取った手製本の書物を持ち、図書室を出て行った。

「私が来たせいで皆さんのお仕事を増やしてしまってすみません」

「いや、私もそこまで気が回らなかった。ちょうどいい機会だよ。それはそうと、今日は徒歩で来たと聞いた」

「はい。運転手さんの手を煩《わずら》わせることもないので」

「ロンドンへ行っているときは管理人に送迎させることもできるが……。君は自転車には乗れる？」

「乗れますが……？」

唐突に尋ねられて首を傾《かし》げる。高校へは軽井沢《かるいざわ》の実家から自転車で通っていた。

「使っていない自転車があるはずだ。送迎が迷惑をかけると思うのなら、それを足に使うといい」

「ありがとうございます」

「整備するように伝えておく」

そこへ書物を手にしてバトラーが戻って来た。

図書室で埃が払われた手製本を開き、ノートパソコンを隣に置いて読み始める。英語は勉強しているけれど、わからない単語ばかりで、スマホのアプリで調べながらなんとか読んでいく。

ブレイクリー城は十九世紀初めに建てられたとあった。その頃は、狩りや社交界の場として一カ月以上もの間、王族や貴族たちが滞在したようだ。

サルーンにあるいくつかの絵画は王族から贈られたもので、この話は書籍の題材として使えそうだ。ブレイクリー伯爵家は、貴族の階級こそ高いというものではなかったが、世界的に有名な画家とも友人だったとある。

「う～ん……辞書アプリを使っても一ページしか進まないなんて……」

気づけばもうすぐ十二時になる。

途中、メイドふたりが窓を開けて本棚を掃除し始め、まだ終わっていない。

そこへバトラーが現れ、昼食のダイニングルームへ案内される。

『メイドたちがお邪魔でしたでしょうか？』

『いいえ。離れていましたし、静かにお掃除をされていました』

ダイニングルームに入り昨日の席に座らされると、瑠偉さんが颯爽《さっそう》とした足取りでやって来た。

ボロネーゼパスタとサラダが用意されている。

「食べよう」

「はい。いただきます」

アイスティーをひと口飲んでから、スプーンとフォークを手にパスタをくるくる巻きつける。

「どう？　進んだ？」

パスタを口に入れてすぐに進捗を尋ねられ、咀嚼《そしゃく》しながら正直に首を左右に振る。

瑠偉さんは、なんだか面白そうに口元を緩めている。

行儀がよくなかったかしら……？

「単語を調べながらなので、あまり進みませんでした」

「それは仕方がないだろうな。気分転換をしながらやるといい。私で答えられることなら協力する」

「本当ですか!? ありがとうございます! さっそく。王族や貴族たちが遊びに来られていたとありましたが、ブレイクリー家のお仕事は何をされていたのですか?」

身を乗り出して尋ねる私に、瑠偉さんは一瞬あっけにとられてから「クッ、クッ」と口に拳《こぶし》を当てて笑う。

「繊維の貿易会社だ。その頃、ブレイクリー家と繋がりを持てば、最新の素晴《すば》らしい布地が手に入るから、親密になろうと彼らは必死だったらしい」

「ブレイクリー家は人気者だったんですね」

「そのときのドレスや装飾品もあるよ。年に一度虫干しをしているから状態は良い方だ。書籍に載せられる余地があれば写真を撮るか?」

「はいっ、ぜひ」

うれしい申し出に私は笑顔を向け、頑張れば最高の書籍になると確信して、サラダを口に運ぶ。

「明日から五日間ロンドンへ戻る。君のことはバトラーに面倒を見るように伝えてあるから、些細なことでも尋ねるといい」

「ありがとうございます」

瑠偉さんはロンドンで不動産会社を経営しているので、ずっとこっちにいるのは無理だろう。リチャードソンさんが話していた二カ月に一度くらいの訪問が、私のせいで頻繁になっているのではないだろうか。

「できる限り早く取材を終わらせますので、私のことは気にせずにロンドンでお仕事をしてください」

そう言うと、瑠偉さんは不思議そうな表情を浮かべてから、ふと笑う。

「君も自転車で転ばないように気をつけて」

「ふふっ、そんなドジじゃないですし、自転車は通学で使っていましたから」

「今日から使えるよう、整備を終わらせたようだ」

「あの、村にも乗って行っていいでしょうか？」

ユースホステルからレストランやお店までは徒歩十五分はかかるので、自転車があれば、ちょっとした買い物に便利になるので聞いてみる。

「もちろん。自由に使ってかまわない」

「ありがとうございます」

最初に出会ったときの印象とはがらりと変わって、彼は貴族なのにくだけていて気配りのできる人だなと思う。

この古城に出入りすることができて本当に良かった。

十七時になりバトラーが図書室に迎えにやって来て、外に用意された自転車のところまで連れて行かれた。それほど古い自転車ではないように見えるし、きちんと整備してくれたみたいで汚れはなく、ちゃんと前かごもある。

『それでは、こちらをお使いください』

『すみません。助かります』

前かごにトートバッグを入れようとして、止めて肩にかける。大事なノートパソコンが砂利道の振動で壊れてしまうかもしれないと思ったのだ。

『お気をつけてお帰りください』

『はい。失礼します。明日もよろしくお願いします』

バトラーに挨拶をして自転車のサドルを跨いだ。

ユースホステルまで、歩きと比べて三分の一ほどの時間で帰宅できた。

部屋に荷物を置くと、ふたたび自転車に乗って村の中心地へ向かう。

ペットボトルの水や夕食のパンやハムなどを購入してユースホステルへ戻った。

買い物へ行って戻って来てもまだ十八時だ。

「自転車を借りてよかった。今日は目が疲れたから、ゆっくりしよう」

ユースホステルの木戸の中へ入って、独り言を言いながら自転車を止めて鍵をかけた。玄関を入ると、植木鉢の花に水をあげていたリチャードソンさんが『おかえり』と挨拶《あいさつ》してくれる。

『ただいま戻りました。お城で自転車を借りたので、建物の端に止めさせてもらっています』

『そうか。かまわないよ。うちに自転車があれば良かったんだが、これで城までの往復が楽になるな』

『はい、とても。では、おやすみなさい』

『ああ、ゆっくりやすみなさい』

村で買ってきた荷物を持って、階段を上がった。

翌日から、自転車でブレイクリー城まで行き、図書室で調べ物をする。

取材を早く終えるために、二時間ほど滞在時間を延ばさせてもらい、十九時まで図書室で仕事をしている。

昼食はダイニングルームの広いテーブルに用意されひとりで食べるので、瑠偉さんが一緒でないのが寂しいと感じた。

ひとりでの作業は当たり前で慣れているが、食事中くらいは話し相手がいた方がいい。そう思うのは、図書室のような広くて古めかしい場所で仕事をしているせいもあるだろう。

瑠偉さんがロンドンから戻って来るまで、まだ二日ある。

今日も十九時まで図書室にこもっていると、バトラーがきっかりその時間になると迎えに来る。

『ミズ・ヒロセ、夕食にどうぞ』

バトラーが外に出たところで、赤と白のチェックのナプキンがかけられた籠を渡してくれる。

『わぁ、ありがとうございます。とてもうれしいです』

受け取って自転車の前のかごに乗せる。

『それでは明日もよろしくお願いします』

バトラーに会釈して、自転車に跨《またが》ると漕ぎ始める。

管理人が開けてくれた錬鉄製の柵を通って、ユースホステルへ向かう。

この時間になると外は真っ暗だ。

村の周辺まで街灯はなく、空に浮かんだ満月の光がうっすらと周囲を照らす。月明かりと自転車のライトの明かりのおかげでスイスイ走っている。

あたりは静かで、私が漕ぐ自転車の音と小さな虫の音だけが聞こえる。

ふいにバイクのエンジン音が聞こえて耳を疑った。

バイク……？

背後から聞こえてくるので、ブレイクリー城の方角からだ。湖の周りで遠くから城を見学していたバックパッカーかもしれない。

そう考えているうちに、地響きがするくらいバイクの音が近づいて来た。

『すみません』

通り過ぎるものと思っていたが、私と並走するようにスピードが落とされ、ヘルメットからくぐもった男性の声で、英語で話しかけられる。

自転車を漕ぐ足を止めずにバイクの男性へ顔を向けた。荷台には荷物が積まれている。やっぱりバックパッカーなのかもしれない。

しかし、やけにピッタリと並んだため、警戒心が沸き起こる。

『村はこっちですか？』

道を聞きたかっただけなのだと、ホッと胸を撫でおろす。

『そうです。まっすぐ行けば村へ行けます』

英語で答えたとき、バイクの前輪が私の方へ傾いた。

「え？　きゃっ！」

ぶつかりそうになって、ハンドルを切った瞬間、バランスを崩して草むらに倒れ込んだ。

「いったぁ……」

バイクは数メートル先で止まり、ヘルメットをつけたまま男性が下りてこちらに近づいてくる。

『ごめんね。転んじゃったね』

申し訳なさそうに聞こえない声に、内心ムッとなる。

『気をつけてください』

立ち上がり、自転車を起こしているというのに、男はただ見ているだけで手助けをしない。倒れたときにバトラーからいただいた夕食の籠が、草むらに転がっていた。

なんだかこの人、気持ち悪い。

そう考えたとき、手首を強く掴《つか》まれた。

驚いて男性へ顔を向けると、道から外れた草むらに向かって、腕を引っ張られる。

『いやっ！　離して！』

どうにか腕を振りほどこうとするが、余計に強く掴まれて草むらに突き飛ばされた。

恐怖に襲われる。仰向けに倒れたまま、体が金縛りにあったみたいに動かない。

『ざんねーん。叫《さけ》んでもこんなところじゃ、誰にも届かないさ』

楽しんでいる口調が余計に恐怖心を煽《あお》る。

だめよ！　逃げなきゃ！

こんなところで襲われたら、命の危険さえもある。どうにかして逃げなければ。

『一度、東洋人としてみたかったんだよな。おとなしくすればちゃんとユースホステルに返してあげるから』

え……？

耳を疑った。この男は、私がユースホステルに滞在しているのを知っているのだ。

私を襲ったのは計画的犯行だと確信した。

じりっと距離を詰めてくる男に、ブルブル震えている体をなんとか動かして離れようとする。

何か、武器を……！

動かした手に枝が触れた。それを掴んで体を起こし、こわごわと男に向ける。

『来ないで！』

『そんなもので対抗できると思っているのか？』

近づく男はバカにしたように笑う。

勇気を振り絞って立ち上がり、三十センチほどの枝を振り回したとき、村の方角から車のヘッドライトのような明かりがチラついた。

『くそっ！』

男は汚くののしり、私から離れてバイクに向かって駆け出した。

男が逃げて荒い息を吐く。恐怖と安堵感で全身がブルブル小刻みに震え、さらに激しくなる。まだ枝は掴んだままだ。

この先は城しかない。こちらへ向かってくる灯りは食材を運んでいる業者の車かもしれない。

バイクが走り去る音が聞こえ、車が止まるブレーキ音と続いてドアが勢いよく開く音がした。

こわごわと視線を向けると、そこには瑠偉さんがいてあぜんとする。

「夏妃《なつき》！　夏妃、どこだ!?」

ホッと安堵して、彼に向かって歩き出す。

「夏妃！」

瑠偉さんは私に向かって駆け寄り、両肩に手を置いて顔を覗《のぞ》き込んでくる。

「いったいどうした⁉　今のバイクは？　大丈夫か？　怪我は？」

手に枝を持っていることで、おおよそ察したのだろう。

『警察に連絡してくれ！』

運転手に指示をした瑠偉さんは、驚くことに私を抱き上げた。

「だ、大丈夫です。ショッキングでしたが……」

これは強がりだった。瑠偉さんが来てくれなかったら、大変なことになっていたかもしれない。じんわりと目に涙が溜まり、きゅっと唇を引き結ぶ。

瑠偉さんは私を一度強く抱きしめると、そのまま車に向かう。そして、車の後部座席へ座らせた。

反対の扉から車に乗り込んだ瑠偉さんは、憂慮の表情を浮かべ、握り締めたままの枝をそっと私の手から取り上げ、窓を開けて外に向かって放る。

「怖かったな……」

瑠偉さんの言葉に、ぶわりと涙腺が崩壊する。

「もう少しで……うっ、……っく、襲われる……ところ、でした。ありがとう、うう
っ……ございます」
「大事にいたらずに良かった」
瑠偉さんの腕が私の背に回り抱きしめられる。彼はスーツの上着を脱ぎ、私の肩に
掛けた。ふわりと上品な香りに包まれる。
「これから警察が来る。君をこんな目に合わせるやつを絶対に許さない。必ず捕まえ
て償わせるよ」
怒りを滲《にじ》ませ、ハンカチで頬に伝わる涙を拭いてくれる。
もう安全なのだと理解して、気持ちも少し落ち着いてきた。
運転手が自転車を立たせ、転がっている夕食の入った籠を拾っている。
「ぁ……！」
夕食の籠の中はぐちゃぐちゃになっていないだろうか。
運転手がトートバッグを持って来てくれた。
そうだ！　パソコンは無事!?
トートバッグを受け取って、中からノートパソコンを取り出す。車内灯で表面を確
認してから開いてスイッチを押す。

これが壊れていたら……一からやり直しになる……。

心配で心臓を暴れさせながら、ノートパソコンが立ち上がるのを待つ。そんな私を瑠偉さんは黙って見守ってくれていた。

パソコンの明かりが車内を照らし、立ち上がったパソコンからブレイクリー城のファイルを開く。

「良かった……。無事でした」

「そうか。落ちた場所が草むらだったのが幸いだったのかもしれない」

瑠偉さんがそう言ったとき、背後からの明るい光が車内を照らす。振り返ると、瑠偉さんの車のうしろに警察車両が止まっていた。

話を聞いた警察車両がUターンして村の方へ走り去る。瑠偉さんの車のドライブレコーダーにバイクのナンバープレートが映っており、その場で村に住む三十代の男のバイクだと判明した。

私が唯一覚えていた目の下の大きなほくろが、その男の特徴とピッタリ合った。

警察官らはこれから男の自宅へ向かう。

「バトラーから十九時まで仕事をしていると連絡がきていたが、なぜそこまで頑張るんだ？」

「……早く終われば、お城の皆さんの迷惑に掛からないかと思って」

体の前で腕を組んで尋ねる瑠偉さん。

彼から発せられる無言の威圧に、思わず声が小さくなる。

「……」

「……」

沈黙がいたたまれない。そう思っていたら、瑠偉さんがふうと深い嘆息を漏《も》らした。

「一緒にユースホステルへ行こう。荷物をまとめるんだ」

「え？」

「またこんなことが起こらないとも限らないし、城に滞在した方が仕事の効率がいいだろう。君の経費削減にもなる」

「いいのでしょうか……？」

「もう二度と、君をこんな目に遭わせたくないからな」

お城に泊まる機会なんて、もう二度とないだろう。それに、瑠偉さんの言う通り、仕事の効率が良くなるに違いない。ユースホステルに帰らなくていいのであれば、就寝前まで仕事ができる。

「……ありがとうございます。ぜひ、そうさせてください」

人通りのないこの道を、何ごともなかったときのようにひとりで通ることは、怖くてもうできない。自転車はそのままに、車でユースホステルへ向かった。

目的地には五分ほどで着き、瑠偉さんまで車を降りて中へ入る。

『おや、まあ……』

ふたりはカウンター近くにいて、ふたりは瑠偉さんの姿に驚いている。

『ナツキの帰りが遅かったから、様子を見に行こうかと話をしていたんだよ』

『実は――』

「夏妃、君は荷物をまとめるんだ。私がふたりに話す」

瑠偉さんは日本語で私に指示を出してから、リチャードソン夫妻に英語で『私が説明します』と言う。

私は頭を下げてから、二階へ上がった。

荷物は元々少ないのでまとめるのにも時間はさほどかからなかった。

綺麗になった部屋を忘れ物がないかもう一度確認して、キャリーケースの服と服の間にしまっておいた封筒を出して、ファスナーを閉めた。

階下へ降りる前に、下にいた運転手が素早く上がってきて、キャリーケースを引き取ってくれた。

『ナツキ、話を聞いてまだ動悸が止まらないわ。かわいそうに。無事で良かったわ』

下りるとメアリーが両手を広げて私を抱きしめる。

『急に出ることになって、申し訳ありません』

『いいんだよ。ブレイクリー城に滞在できるのなら、ナツキにとって仕事にプラスになるだろう』

『あの、清算をお願いします』

『後日でもいいんだよ』

『いいえ。今お支払いさせてください』

リチャードソンさんはカウンターの中へ入り、伝票を集計し始める。

計算が終わり宿泊費を支払い、リチャードソン夫妻に別れを告げる。

『いつでも遊びに来てね』

メアリーは寂しそうに笑みを浮かべる。

『はい。また』

リチャードソン夫妻とハグをして挨拶を済ませ、玄関のところで待っていた瑠偉さんと共に外へ出た。

車に乗り込み、ふたたび襲われかけた場所を通り過ぎる。心臓がドキドキ暴れ、冷や汗が出てくる。ふいに隣に座る瑠偉さんの手が私の手を包み込んだ。

「もう大丈夫だから」

「……はい」

瑠偉さんの手に安心感を覚え、気持ちが落ち着いてきた。


城に戻った私を見て、いつもはあまり表情を変えないバトラーが驚いている。

瑠偉さんは簡単に帰る途中にバイクの男に襲われ、今夜から滞在することになったと話す。

『すぐにご用意できるのはミズ・オルコットがお使いになる部屋でございますが』

ミズ・オルコットって、秘書の名前だったよね……？

『それでいい。食事の用意も頼む』

『かしこまりました』

バトラーは玄関ホールを離れ、少しショック状態に陥《おちい》っているのか、ぼんやりとした私を瑠偉さんはダイニングルームに連れて行った。

「食事が終わる頃には部屋の用意も済んでいるから」

十九時過ぎにここを出て、一晩くらいの時間が経ったように思えたが、実際は二十時三十分を回ったところだ。バトラーから夕食の籠を受け取ったときは、おなかも空いていてとても楽しみにしていたが、事件のせいで今は食欲もなくなっていた。

イヴリンがメイドひとりを連れて食事を運んできた。イヴリンは瑠偉さんのグラスに赤ワインを注いでいる。

「夏妃、ワインは飲める？」

「眠くなってしまいますが、少しは……」

「それなら飲んで。そして、何も考えずに今夜は早く寝た方がいい」

瑠偉さんはイヴリンに私のグラスにも給仕するように告げる。

イヴリンが赤ワインの瓶を持って、私の横に立った。

『イヴリン、せっかく夕食を作ってくださったのに食べられずに申し訳ありませんでした』

『いいえ。大変な目に遭われたとお聞きしています。ご無事でよかったです』

イヴリンはふくよかな顔を、安心させるように柔らかく緩ませた。

メイドが前菜のサラダとスープを私たちの前に置き、ふたりは去って行く。

「こんな形でディナーに招くことになってしまったが、ブレイクリー城へようこそ」

瑠偉さんは赤ワインのグラスを掲げて、形のいい唇へ持っていく。

「いただきます」

ワインをひと口飲むと、約一カ月ぶりのアルコールはするりと喉元を通って胃をかぁっとさせる。気疲れもあって、すぐに酔ってしまいそうだ。

私は、ワインを口に運ぶ瑠偉さんをジッと見つめる。

「あの、ロンドンからは明後日の戻りだったかと記憶しているのですが」

「五日と言ったのは、あくまでも目安だったんだ。しばらくはこっちで仕事をするつもりだ」

よそ者が城に入り浸っているのだから、気が気でないのだろう。私が城主だとしても、他人が城で好き勝手していたら、心配で留守にしていられないかもしれない。

「改めて、先ほどは助けていただき、ありがとうございました。心から感謝しています」

「君が無事でよかった」

そう言って、瑠偉さんはグラスを置く。

「私の客が事件に巻き込まれるなどもってのほかだ。この件はうやむやには絶対にさせない」

強い眼差《まなざ》しで瑠偉さんは言う。

警察官たちは瑠偉さんにとても敬意を払っていたので、しっかりと調査されるのは間違いないはず。

未遂だったとして、瑠偉さんがいなかったら警察に届けてもどうなっていたか……。

そこへバトラーがスマートフォンを手にやって来た。

『旦那様、警察署からでございます』

スマートフォンを瑠偉さんに手渡して、彼は話し始めた。私はおとなしくしているが、会話が早すぎる。かろうじてわかったのは『明日うかがう』だけだった。

スマートフォンをバトラーに戻して、瑠偉さんは私へ視線を動かす。

「犯人はやはり村の男だった」

「バイクのうしろに荷物を載せていたのは、君にバックパッカーだと思わせるのが目的だったようだ」

「……そうだったんですね」

ということは、殺すつもりはなくレイプして逃げるつもりだったらしい。

「未遂だとしても私は許さない。明日、警察署へ出向くことになった。夏妃も一緒に行けるか？」

「わかりました……」

本当は二度と会いたくないが、書類を作成する上で犯人確認は必要だろう。でも、私がわかるのはヘルメット越しの目と、声だけ。

「夏妃、大丈夫か？」

今まで犯人に怒りを見せていた瑠偉さんは、心配げな表情で私を見つめる。

私は深呼吸をしてコクッと頷《うなず》いた。

「明日警察署へ行ったら、もう忘れます。でも、瑠偉さんの手を煩わせるのは……」

「私が行くのは当然のことだ。君と私はビジネスパートナーだろう？　うちの法務部に契約書を作成させたから明日、正式に取り交わそう」

「ありがとうございます。瑠偉さんがいてくださるおかげで心強いです。契約書もすみません」

頭を下げたところで、見るからにおいしそうなローストビーフのお皿がテーブルに並ぶ。赤ワインを飲んだおかげで、気分が少し楽になって食欲も出てきたようだ。

ほんの少し空腹感を覚えて、ホッとした。

食事を終えてイヴリンに部屋へ案内される。途中まで瑠偉さんもいたが、らせん階段を一緒に上がった二階の手前の部屋へ「ゆっくり休むように」と言って入って行った。

二階へは初めて赴《おもむ》いたが、一階と同じく古めかしく厚手のカーテンが閉められ、灯りが落とされているので少し怖い。

『こちらのお部屋になります』

イヴリンはひとつの重厚なドアを開けた。促されて歩を進めると、天蓋《てんがい》のある大きなベッドや水色の地に花が描かれたクラシックな壁紙の部屋にため息が漏《も》れる。

とても美しい部屋だ。こういった部屋がいくつもあるのだろう。

一部屋くらい書籍で紹介したいな。

ここは瑠偉さんの秘書が泊まる部屋だと、バトラーが話していたのを思い出す。

瑠偉さんと同じ部屋ではないということは、恋人の関係ではない……？

リチャードソン夫妻によれば、彼女は村にあるお店で、ブレイクリー子爵の秘書で恋人だと匂わせていたと言っていた。

まあ、いいか。

『この部屋にはバスルームもトイレもありますので、ご不便はないかと思います。それではごゆっくりお休みくださいませ』

イヴリンは両手を体の前にやり、丁寧にお辞儀をして出て行った。

ひとりきりになったとたん、ガクッと脱力する。

出入り口とは違うドアを開けると、金のフレームが美しい鏡がある洗面台だった。

左手のドアを開ければお手洗いがあったが、城の雰囲気に寄せて最近作られたものなのだと思う。

右手のバスルームも猫足のバスタブで、シャワールームが別になっていた。やはりアンティークな造りだが、最新式の設備だった。

ユースホステルはバスタブがなかったので、湯船に浸かりたいと思っていたところだが、今日は疲れすぎてシャワーだけにすることにした。

ハイブランドのアメニティや上質なタオルまで用意されており、まるで古城ホテルのようだと思いながらシャワーを使った。


翌朝、目が覚めたときにはスッキリした気分だった。

まるで昨晩の事件が夢の出来事だったような気持ちだが、お城に泊まっているのは事実なので、本当のことだ。

瑠偉さんの言った通り、疲弊《ひへい》していたところへ赤ワインをいただいたので、ぐっすり眠れた。

お姫さまが寝るような天蓋付きの豪華なベッドから床に足を下ろし、眼鏡をかけてからユースホステルでも履いていたスリッパに足を通す。

パタパタと窓に近づき、濃紺のカーテンを引いて窓を開けた。清々しい風が入ってくる。

この部屋からはイングリッシュガーデンが臨め、上から眺《なが》めると迷路のようになっているのがよくわかった。

「怖い思いをしたけれど、憧れのお城に泊まることができたのよね。私はツイていたのだから、くよくよ考えても仕方がないわ。早く忘れて、前向きに生きよう」

両手を天井へ突き上げて伸びをし、壁に掛けられた時計へ視線を向ける。

時刻は六時を回ったところだ。

「せっかくお城に泊まっているんだから、朝の光を取り入れた写真を撮らなきゃ」

急いで洗顔をしてコンタクトレンズを入れ、Tシャツと綿のゆったりとしたパンツに着替えると、一眼レフカメラを首からぶら下げて部屋を後にした。

階下へ降りてみるが誰にも会わないので、厨房へ足を運ぶ。断りもなく外へ出て写真を撮るのも非常識かと考え、行ってみたのだ。

厨房ではイヴリンとメイドが数人いた。

私の姿を見て手を止めたイヴリンは『おはようございます』と挨拶をする。

『おはようございます。イングリッシュガーデンへ行って来ます』

イヴリンに断って、イングリッシュガーデンへ向かった。

朝露に濡《ぬ》れた葉っぱが生き生きとしている。

バラ園もあり、時季が違っていれば色々な種類のバラが咲き乱れているだろう。

夢中で写真を撮っていると、目の前に影が落ちる。

視線を向けると、ライトブルーのワイシャツとグレーのスラックスを穿き、朝からビシッと決めた爽やかな瑠偉さんが立っていた。

「おはようございます。昨晩はご迷惑おかけしました」

「眠れなかったのか？」

瑠偉さんの黒で縁取られた茶色の瞳が私を見つめる。

「いいえ。赤ワインをいただいたおかげでぐっすり眠れました」

「やけに明るいな」

不思議そうに首を傾《かし》げられる。

「せっかくお城に泊まれているのに、くよくよしていたらもったいないと思ったんです」

「なるほど……夏妃はポジティブだな」

「私がポジティブになれるのは、瑠偉さんの助けがあってのことです。感謝してもしきれません」

もう一度頭を下げると、瑠偉さんは私の肩に触れて体を起こさせる。

「犯人にはしっかり裁きを受けさせる。今回は未遂で済んだが、懲《こ》りずに他の女性を襲いかねないからな。それはそうと、良い写真は撮れた？」

「はい。素敵な景色ばかりでどこを切り取っても絵になります」

そこへバトラーが朝食に呼びに来た。


朝食後、村から車で三十分ほどのところにある町の警察署へ赴いた。

犯人はそこの警察署で留置されているとのことだ。

貴族の肩書は絶大で、瑠偉さんの姿に警察署長自らが対応し、ぺこぺこしている印象だ。

別室から男の顔を確認する。警察官の質問に答える声は、昨晩の男性のものと似ている気がする。

バイクも確認した。バイクのうしろの荷台に積まれた荷物はなかったが、ブレイクリー家の車のドライブレコーダーが何よりの証拠だ。

そして男も私を狙っていたことを認めたという。

私が村でミネラルウォーターとパンを購入したときに目をつけたと自供した。男は素直に自供していることから、情状酌量の余地もあり、法の裁きを受けることになる。

警察署を出て城へ戻ると、昼食時間になっていた。

数種類のサンドイッチと新鮮なオレンジジュースのランチを食べたあと、瑠偉さんは私を二階の書斎へ案内する。

昨晩、瑠偉さんが入って行った部屋だ。

書斎もアンティークな家具でまとめられていたが、艶《つや》のある木材のプレジデントデスクの上にはこの部屋に似つかわしくないパソコンが乗っている。

「そこに座って」

えんじ色の長ソファを示した瑠偉さんはデスクの上からファイルと万年筆を持って、斜め横のひとり用のソファに腰を下ろす。

「契約書だ」

彼はファイルを開いて、私の方へ向けて置く。英語の契約書で、日常会話くらいなら話せるが、こういった専門用語などの文章は得意ではない。

「……すみません。先日話していた通りの内容なんですよね？　それならサインさせていただきます」

するると、瑠偉さんはおかしそうに笑みを漏らす。

「夏妃はしっかりしているようで、人を信用し過ぎるところがある。私が自分に有利なように契約書を作成させたとは思わないのか？」

出会ってまだ二週間ほどしか経っていないけれど、瑠偉さんは清廉潔白な人だ。私を騙すような人だとは考えられない。

「思いません。信用していますから」

きっぱり口にすると、笑みを滲ませていた表情がふいに真顔になる。

「夏妃……」

「サインしますね」

テーブルの上の万年筆を手にして、瑠偉さんのサインの隣に名前を書いた。

「え……っと、二枚目も同じですね」

同じ契約書で、ふたり分をいうことなのだろう。

さらさらとサインをして万年筆を置く。

瑠偉さんはそのうちの一枚と、Ａ４サイズの素敵なブルーグレーの封筒を差し出す。

「ありがとうございます」

封筒に入れようとして何気なく契約書を見ていたが手が止まる。私が瑠偉さんに話した報酬のパーセンテージの数字が見当たらない。

「あの、以前お話した報酬が載っていないですよね……？」

すると瑠偉さんは私の方に身を乗り出して、契約書の中ほどにある文字を指差す。

顔が近くて心臓がドクッと跳ねた。

「ここに書いてある。私への報酬はない。君がすべて受け取るんだ」

「ええっ!?　そんなわけにはいきません！」

驚いて首を大きく左右に振った。

「金が欲しくて引き受けたわけではない。夏妃の熱意と真摯《しんし》に向き合う姿に心を打たれ、応援したくなったんだ」

「でも、お城に泊まらせていただいてますし、贅沢《ぜいたく》な食事までも……」

「それくらいどうってことはない。だから気にせずに滞在してほしい。さあ話は終わりだ」

あぜんとなる私に瑠偉さんは美麗に微笑《ほほえ》み、ひとり掛けのソファから立ち上がった。

四、ブレイクリー城の亡霊

ブレイクリー城へ滞在して一週間が経った。九月に入り、日中は半袖でも過ごせるが朝晩は羽織るものが必要だ。

移動時間がなくなったおかげで、仕事も自由にできて、食事以外は瑠偉《るい》さんとほとんど顔を合わせることはない。

食事のときは調べ物でわからなかったことを聞き、一時間以上経っていることも多かったが、瑠偉さんは嫌な顔ひとつせずに付き合ってくれていた。

城内のあちこちの写真撮影でも、アングルなどアドバイスをくれ、パソコンに落とした枚数はすでに千枚近い。

それほど、この城は魅力的なのだ。

昼食を食べていると、瑠偉さんに進捗状況を聞かれる。

「あと二週間もあれば終わるかと」

「そうか……まだ見せていない場所に案内しようと思うんだが」

「そんな場所があるんですか？」

身を乗り出して瑠偉さんを食い入るように見つめる。

城内はほぼ見学を終えたと思っていたけれど、まだ見るものがあるとは、うれしい驚きだ。

「ああ。地下だ」

「地下……。あ！　ワイン貯蔵庫ですね？」

「ワイン貯蔵庫は使用人たちの棟にある。ここの地下には……」

瑠偉さんはなぜか言い淀む。

「ここの地下には……？」

じれったくなって尋ねると、彼は口元をニヤリと持ち上げる。

「牢屋がある」

「あ……見てみたいです！　すべてを見なければブレイクリー城を知ったことにはなりませんし」

「はは、仕事熱心だな。怖いと思わないのか？」

「今は使われていないわけですし、平気です」

今までも別の古城見学をした際、必ずと言っていいほど地下牢があったのに、すっかり頭から抜け落ちていた。

「わかった。では食べ終わったら行こう」

「はい。よろしくお願いします。カメラ持って来ますね」

残りのサンドイッチを紅茶で流し込むようにして食事を終わらせる。

「ごちそうさまでした」

両手を顔の前で会わせると、ダイニングルームを出て廊下奥にある図書館へカメラを取りに向かった。


地下牢へ行くには、一度外へ出なければならず、裏手にある錬鉄製のドアが入り口だった。

バトラーも同行し、先頭に立って太く短いロウソクの載った燭台《しょくだい》を手に、壁の均等に並んだロウソクに火を移していく。

石の階段を下り、四メートルくらいある通路を進んだ先に、鉄格子の牢屋が見えてきた。

地下はカビのような臭いがして、外と比べると五度以上は気温が低く感じる。長袖のカーディガンを羽織っているが、ブルッと震えがくる。

そんな私を見ていた瑠偉さんが「怖いか？」と尋ねる。

「寒くて震えたんです」

今まで見学してきた古城の牢屋よりは綺麗《きれい》だし、瑠偉さんとバトラーがいるので怖くはない。

ひとりだったら、絶対に近寄りたくはないが。

「安心していい。ここで処刑などの行為はなかったようだ」

「そうなんですね。前に古城見学したとき、処刑の道具が展示してあって……」

「写真を撮るといい」

「あ、はいっ」

首から提げていた一眼レフカメラをかまえ、地下牢の写真を撮る。

「ここはどういう人が入っていたんですか？」

「盗みや暴行の罪で入れられていたようだ」

比較的軽い罪だったのかもしれない。

そう思ったとき、瑠偉さんが苦笑いを浮かべる。

「だからといって、ここで亡くなった罪人がいなかったわけではないが」

「え……」

ふたたびぞわっと寒気に襲われて、カメラを持っていた手を離して、自分を抱きしめるように両腕に回した。

「ここで亡くなった方がいたなんて……」

「大昔のことだ。長居するようなところじゃないな。写真はＯＫ？」

「はい。撮り終えました」

あとで確認したときに何も映っていませんようにと、そう願いながら来た道を戻った。

地上に出て正面玄関に歩を進めながら、大きく深呼吸をして新鮮な空気を肺に取り入れる。

地下牢はずっと閉めっきりになっていたのだから、カビ臭いのも無理はない。

『お時間を取っていただきありがとうございました。図書室で仕事をしますね』

玄関ホールに足を踏み入れたところで、瑠偉さんとバトラーに英語でお礼を言って図書室へ向かった。

いつもの席に座り、午前中に調べていた洗濯室《ローンドリ》についてまとめ始める。昔は常時数人のローンドリ・メイドがいたようだ。お城に滞在する客人が多かったため、リネン類や衣装などの洗濯で大変だったらしい。

夢中になってレイアウトなどの構成をしていると、そばに置いていたスマートフォンが着信を知らせた。
「あれ？　お母さん？」
画面の〝お母さん〟の文字に、慌てて通話をタップした。
「もしもし？　夏妃《なつき》よ」
《ああ、よかった。知らせようか迷ったんだけど、お父さんが脳梗塞で倒れたの》
「ええっ⁉　お父さんが⁉」
驚きに心臓が暴れ、椅子《いす》から立ち上がる。
《発見が早かったから大丈夫よ。でも、知らせないのもと思って》
「本当に？　本当に大丈夫なの？」
《ええ。倒れたとき一緒にいたから、すぐに救急車を呼んで手当てができたの》
母の言葉に愁眉を開き、着座する。
《仕事はどうなの？　まだイギリスよね？　お父さんが心配だからって、仕事を切り上げて帰国しなくていいからね》
「……うん。仕事はいい感じに進んでいるわ。本当に大丈夫……？」
《ええ。あとでお父さんの写真を送るから。それを見れば安心するわ》

そう言われても本当なのか心配になる。

「待ってるね。お母さんやおじいちゃんたちの体調は大丈夫？」

《ええ。私たちはいつも通りに元気よ。心配かけたくなかったんだけど。夏妃、ごめんなさいね》

母はやはり、話さなければよかったと思っているようだ。

「なんでも話してくれなきゃ。家族じゃない。じゃあ、また連絡ちょうだいね」

必ずと約束した母は通話を切った。

スマートフォンをテーブルの上に置いて、両手で顔を覆《おお》う。

お母さんが心配いらないと言うのだからそうなんだろう。

知らないでいるよりは知っていた方がいいから、電話してもらってよかった。

あとはお父さんの様子が見られれば一安心できる。

そこへドアがノックされて、イヴリンの次に古株のメイドが飲み物とスコーンを持って現れた。

『ありがとうございます』

テーブルの上に並べるメイドに、英語でお礼を言う。

『先ほど地下牢へ行かれたと聞きました。いかがでしたか？』

『気分がいいものではありませんでしたが、ブレイクリー城を紹介する上で必要だったので、見学できてよかったです』

『ミズ・ヒロセはゴーストを信じますか？』

ゴースト？　幽霊のことだよね？

『まあ……いるとは思います』

なぜそんな話題になるの……？

困惑して彼女を見る。

『実は、この城にも出るんですよ』

『ええっ!?　ど、どこに』

長い年月の間、人が生活してきた古城なのだから、幽霊がいないとは思っていなかったが、あえて言われると背筋がゾクッとなる。

『もう何百年も前のことですがメイドが城主に恋をして、報われずに命を絶ったと聞いています。それ以来、城内のあちこちで白いドレス姿の女性の、ゴーストの目撃情報があります。ですが、目撃したメイドは全員辞めてしまいました』

うそ……。あちこちで……？　私が見えないだけ……？

『悪さはしないと言われているので安心してください。それでは失礼いたします』

メイドは丁寧にお辞儀をして図書室を出て行った。

「古城なんて、おどろおどろしいのはわかっていたけれど……いきなりそんな話、しないでほしかった……」

ぼやきが口から出るが、今まで見ていないのだから大丈夫だと信じて、スコーンを手に取る。

忘れよう。忘れよう。

自分に言い聞かせて、クロテッドクリームと木苺のジャムを半分に割ったスコーンに乗せてぱくりと食べる。

ブレイクリー城のスコーンもおいしいが、メアリーのスコーンを思い出す。

あれから会っていないから、近いうちに顔を見に行こうかな。

ずっとお世話になっていたのだから、心配しているかもしれない。

夕食後、いつものように部屋で過ごし、コンタクトレンズを外して眼鏡をかける。

「さてと、寝よう」

時計を見れば、もう日付が変わりそうだ。

「あれ？　スマホ……」

目覚まし時計代わりにしているスマートフォンが、どこを探してもないことに気づく。

何もないと思うが、母からの電話も万が一あったらと考えると、スマートフォンがないのは困る。

「最後に使ったのは図書室……だったかな？　ノートパソコンと筆記用具は持ったのを覚えている。首にカメラもぶら下げて……」

ということは、図書室に置きっぱなしなのだ。

取って来よう。

ドアノブに手をかけると同時に、昼間のメイドの話が脳裏をよぎる。

思い出してしまい、ドアノブを掴《つか》む手が止まる。

どうしよう……。

薄暗いが廊下の灯りは点いている。だが、白いドレスの幽霊を想像してしまうと、怖気《おじけ》づいてしまう。

でも、スマートフォンがないと万が一の場合困るし……。

日本はもうすぐ朝になる。もしかしたら母から何かメッセージが入っているかも。

そう思うと、やはりスマートフォンを取ってくるしかない。

ビクビクしながらドアを開けて、余計なものは目に入れないようにして廊下をそろりそろりと進む。

もう少しでらせん階段というところで、「キィ……」と音が聞こえ、ビクッと体が硬直する。

やめて。やめて。

耳を塞《ふさ》ぎながら一歩足を運んだとき――。

らせん階段から白っぽいものが上がってくるのが見えた。

「きゃーっ！」

一目散に自室へ戻りたいのに、足が動かずその場にへたり込んでしまう。

ブルブルと震えが止まらない。

いや、来ないで！

目をギュッと閉じて俯《うつむ》き、その場をやり過ごそうとした。

「夏妃？　どうした？」

背後から瑠偉さんの声がして振り返る。

彼はすぐうしろにやって来て、座り込んだ私の目の前に片膝をつく。

「ゆ、幽霊が……」

らせん階段の方を指差して知らせる。

「ゴースト？」

瑠偉さんは私が示す方へ視線を向けるが、首を左右に振る。

「何かの見間違いだろう」

「で、でも、白っぽいものが……」

「夏妃はどこへ行こうとしていたんだ？」

「スマートフォンを図書室に忘れたみたいで、取りに……」

「私が取ってくる」

「え？　わ、私も一緒に行きます」

この場に置いて行かれるのだけは嫌だ。

「大丈夫か？　歩ける？」

その問い掛けに、こくこくと頷《うなず》く。

「わかった。ほら、ゆっくり立ち上がるんだ」

瑠偉さんはすっくと体を起こし、私に手を差し出す。瑠偉さんの手がありがたくて、
大きな手のひらをギュッと掴んだ。

「ひどく震えているじゃないか」

「は、はい……。まだ心臓も暴れてます。ここには白いドレスのメイドの霊が彷徨《さまよ》っているんですよね……？」

「それを誰から？」

やっぱりいるんだ……。

「メイドから聞いたんです。早く行きましょう。あの、手を繋いでいてもらってもいいですか？」

おそるおそる尋ねる私に、瑠偉さんは「かまわないよ」と言って、私の手を引いてらせん階段を下り始めた。

繋がれた手から、彼の温もりが伝わってくる。

それがなんとも心強い。

瑠偉さんがいてくれなかったら、図書室までたどり着けなかったかもしれない。

昼間は目にしても怖いと感じない絵画やフレスコ画が、今はホラーの絵にしか見えない。

瑠偉さんの背中だけを見て歩き、図書室のドアが開けられた。

室内は真っ暗だ。

すぐに電気が点けられ、部屋の中が明るくなる。

その明るさにホッと安堵し、彼から離れいつもの席に足を運ぶ。

テーブルの上にスマートフォンはなく、床に敷かれた絨毯にもない。

「あ、ありました」

スマートフォンがあったのは私が座っていた椅子の上だった。スマートフォンを手にして、母から連絡がきていないか確認する。

メッセージは入っていなかった。

良かった……。

「急ぎの連絡を待っていたのか？」

「父が脳梗塞で救急車に運ばれたと午後に電話があったんです。幸い母がそばにいたときで、すぐに治療ができたから心配はいらないと言うんですが……。また連絡をくれると言っていたので、日本が真夜中でも心配で……あ、もう朝ですが」

「そうだったのか……。軽く済んだようで良かった」

「はい。瑠偉さんはもう寝るところでしたよね？　お騒がせして申し訳ありませんでした」

図書室を出て、ふたたびシーンと静まりかえるサルーンに飾られた絵画などを見ないようにして通り過ぎる。

帰りは瑠偉さんの手はなく、彼がそばにいるのになんだか怖くて、首筋のあたりがざわざわしている。

私は彼の半歩うしろを歩いているが速度は足早だ。

らせん階段を上がり、泊まらせてもらっている部屋の前まで送ってもらう。

「ありがとうございました」

「大丈夫か？　眠れる？　私の部屋に酒があるが？」

先日の事件で、神経が高ぶって就寝できそうもなかったが、赤ワインを飲んだおかげですぐに眠れたことを思い出す。

「少し、いただいても良いですか？」

「ああ。ついておいで」

瑠偉さんの部屋は私の部屋よりいくつかのドアの先だった。

部屋の中へ入り、ひと際豪華な室内に目を見張る。

私が暮らす日本のマンションの四倍の広さはありそうだ。廊下や各部屋に掛けられているような肖像画はなくて胸を撫でおろす。

ここはブレイクリー城の主寝室にあたるのだろうか……。

ちょっとした近代的な調度品などもあるが、アンティークさは損なわれていなく、居心地の良さそうな部屋だ。

暖炉やアンティークなソファ、ベッドはやはり天蓋《てんがい》付きでキングサイズだった。

「スコッチは飲める？」

スコッチはウイスキーの一種だから少しは飲める。強いアルコールじゃないと、眠れなさそうだから、ちょうどいいのかもしれない。

「はい。お願いします」

瑠偉さんは私にソファを勧め、数メートル先のバーカウンターに近づき、スコッチの瓶を手にした。

グラスや氷の音がする。

あの白いものはなんだったんだろう……と、また思い出してしまう。

「視力が悪かったんだな」

ふたつのグラスを手にした瑠偉さんが、いつの間にかそばに立っていて、物思いにふけっていた私はハッと顔を上げる。

「えっと……」

瑠偉さんは美麗に微笑《ほほえ》み、グラスを私の手に持たせる。

「伊達《だて》じゃないよな？」

そこで眼鏡のことを言われたのだとわかって、コクッと頷く。

「視力はそこそこ悪くて、昼間はコンタクトレンズを入れているんです」

彼は斜め横のひとり掛けのソファに腰を下ろし、持っていたグラスに口をつけた。

瑠偉さんのグラスはロックアイスと黄金色の液体のスコッチだけで、私が手にしているのは水とロックアイスで薄めたスコッチだ。

恐怖に襲われたせいで、喉がカラカラだ。

「いただきます」

「どうぞ」

アルコールの種類でウイスキーは好んで飲まないが、ひと口飲んでみておいしいと感じた。

上等なスコッチなのだろう。

喉の渇きを癒《い》やすように、ゴクゴクと半分ほど飲んで「はぁ～」とひと息ついた。

そんな私を見て、瑠偉さんはクスッと笑う。

「ところで、幽霊の出どころはメイドだと言っていたが、どんな話を？」

「城主に恋をしたメイドが報われない恋に命を絶ってしまい、それから城内を白いドレスを着て現れると……」

また先ほどの階段の目にした白っぽいものを思い出して、背筋が寒くなる。部屋着に上下のトレーナーを着ていて暖かいはずなのに。

「……その話は本当ですか？」

「ああ、本当だ。だが、私は見たことがない」

「そうだったんですね。さっき、らせん階段で白っぽいものを見てしまって。でも怖い怖いと思っていたから、脳内で勝手に思い込んでしまったかもしれません」

スコッチを飲み進めていくと、体がフワフワしてくる。

「夏妃は勇気がある。夜はメイドでさえひとりでは歩きたがらず、ふたりで行動しているんだ」

メイドや他の使用人は別棟に住んでいるので、仕事が終わればこんな時間に城内を歩くこともないだろう。

どうしよう……。

もうこれから夜になったら部屋から一歩も出たくなくなる。

「もう一杯作ってこよう」

そう言って立ち上がった彼は、私が両手で握り締めているグラスを引き取った。

先ほどと同じものを作って戻って来る。

「ありがとうございます」

「そんなにビクビクする必要はない」

「え……？」

瑠偉さんはひとり掛けのソファに座ってから口を開く。

「幽霊は私も見ていないし、メイドたちも本当に見たかどうか。何十年とここに住んでいるバトラーも見ていない。そういった話は、怖いもの見たさで話が広がるだろう？」

「じゃあ、見たというメイドたちの話は？」

「怖いと思っていると、ちょっとしたことで脳が解釈して見えたような気になる。私は自分で見なければ信じない。事実、見たこともない」

瑠偉さんの意見も一理あると思う。けれど、古いお城なのだからひとりやふたりの幽霊が住みついていても、おかしくないかも。

「まったく、君にそんなバカげた話をするとは」

瑠偉さんはグラスに口をつける。ロックアイスがグラスにぶつかってカランと音を立てた。

話をしたメイドに怒りを覚えているみたいだ。

私も手に持っていた二杯目を口にする。

瑠偉さんが幽霊なんていないと言うのだから信じたいが、それでもまだ恐怖心は去っていない。

だが、お酒を飲んだせいか、恐怖心が少しずつ薄れてきているのはたしかだ。

「ふぅ……スコッチがこんなにおいしいなんて知りませんでした」

「顔が赤い。眠くなってきたか？」

「まだ……」

「では取材の進捗状況を聞こうか」

「はい。だいぶ形になってきたので、まとめたものを数日以内にはお見せできると思います」

二十分ほど仕事の話をしながら、三杯目のスコッチを飲んでいた。

三杯目がほぼなくなりかけてきたところで、いっきに眠気に襲われ体が揺れ始める。

「ご……ちそう……さま……れす。戻り、ます」

ソファから立ち上がり、フラフラしているのは理解している。ドアに向かって歩を進めたところで、スーッと意識が遠のいた。

顔にゆらゆら光があたり、うっすら瞼《まぶた》を開ける。

『ミズ・ヒロセ、おはようございます。いえ、こんにちはですね。十三時を回ったので様子を見に参りました』

カーテンの方からイヴリンが近づいてくる。眼鏡をかけていないので、はっきりは見えないが声でわかる。

『え⁉ 十三時過ぎっ？』

ハッとして体を起こした瞬間、頭がズキンと痛んだ。

「っう……」

頭に手をやり、寝過ごしたことや頭痛の原因を考える。

「あ……」

そこで昨晩の出来事を思い出した。

サイドテーブルの上にある眼鏡をかける。

『頭痛薬とお食事をお持ちいたしましょう』

『あ、いえ。ダイニングルームへ行きます』

『旦那様はすでに食事を終えていますし、疲れているだろうから今日は一日休んだ方がいいと旦那様からの伝言でございます』

イヴリンは『少々お待ちくださいね』と言って部屋を出て行った。

瑠偉さんの部屋を出ようとしたところで何も覚えていない。酔ってしまい、瑠偉さんが部屋に送ってくれたのだろう。

でもどうやって……？

抱き上げられて運ばれたのかもしれないと想像して、羞恥心《しゅうち》に襲われる。

顔が熱くて手でパタパタ仰いでいたが、ふと父のことを思い出す。

「あ！　お父さんっ」

母からの連絡が入っているかもしれない。

枕の横に置かれていたスマートフォンを手にして開く。動くたびに頭がズキンと痛む。痛みを無視して確認すると、母からのメッセージを受信していた。

急いでメッセージアプリを開いて母のメッセージを見る。

それは動画で、体を起こした父がベッドに背を預け、カメラに向かって手を振っている。

【夏妃、父さんは大丈夫だから仕事に専念しなさい】

父からのメッセージにホッと胸を撫でおろす。

呂律《ろれつ》もちゃんとしており、元気そうだ。

「良かった……」

【ホッとした。くれぐれもお大事にね】

とメッセージを送り、スマートフォンを枕の横に置いて床に足を下ろした。洗面所へ向かい、洗顔を終えてスキンケアをしてから眼鏡をかける。

頭が痛くて今は仕事ができないな。

「う～、二日酔いなんて久しぶり……」

イヴリンが頭痛薬も持って来てくれると言っていたので、飲んで休めばすぐに復活するはず。

頭痛薬は日本から数回分常備薬として持って来ていたのだが、毎日パソコンと資料を見ているせいか時々頭痛がして飲み終えてしまっていた。

ソファの上に綿のパンツとTシャツがきちんと畳まれて置いてあった。それらを身に着け、ライトブルーのカーディガンを羽織る。

ここへ来てから下着を除いた服はメイドが洗濯してくれている。下着は自分で洗うからと断った。いくらなんでも、そこまでしてもらうのも申し訳ない。

朝晩、冷え込んできているので、今持っている服では寒い。しかし、長袖のカットソーやアウターを買いに行くには町へ出るしかない。

町へ出れば半日以上が潰れてしまうし……。あと二週間、このカーディガンで我慢しよう。

「九月中旬からこっちは秋だものね……でも、秋の景色も素敵《すてき》だったな」

以前訪れたときは寒かったが、素晴《すば》らしい景観だった。

独り言ちたとき、ドアがノックされた。

ドアを開けた先にイヴリンが食事の乗ったトレイを持って立っており、そのまま丸いアンティークのテーブルの上にお皿を並べていく。

おいしそうなサンドイッチやシェパーズパイ、カラフルな色合いのサラダがあり、銀製のポットに入った紅茶も用意してくれていた。

『ありがとうございます』

『こちらは市販の頭痛薬です』

『すみません。助かります』

『しっかり食べてからお飲みくださいね。お時間が経った頃、食器類を引き取りに参ります』

イヴリンはしっかりとお辞儀をして部屋を出て行った。

頭痛を刺激しないように静かにソファに腰を下ろし、ポットからカップに紅茶を注ぐ。レモンのスライスとミルク、どっちにしようか迷う。

ミルクにしよう。

ミルクと砂糖をいつもよりも多めに入れて、ひと口飲んで「ふぅ～」と息を吐く。

「ミルクティーが染みわたる～」

まさか記憶をなくすほど酔ってしまうなんて……。

抱き上げられたのではなく、支えられて部屋に戻って来たのだと願う。

今までも迷惑をかけているのに、気持ちを落ち着かせてくれようとお酒を飲ませてくれ、さらに正体をなくすという恥ずかしい失態を犯してしまった。

食事を済ませ、頭痛薬をミネラルウォーターで飲み込む。

まだ体がシャキッとしなくて、ソファに移動して目を閉じた。


一時間が経ち十四時三十分になろうとしている。

薬のおかげで頭痛も治まり、そろそろ動かなければと体を起こしたとき、ドアがノックされた。お皿を引き取りに来てくれたメイドだろう。

そう考えながらドアを開けて、そこに立っている瑠偉さんにびっくりする。

「体調は良くなったか？」

「はいっ、昨晩はご迷惑をおかけしました。あの、部屋に戻ったのを覚えていなくて……」

そう言ったとたん、瑠偉さんはクッと喉の奥で笑う。

「だろうな」

「まさか……、おぶって戻ったとか……？」

「抱いて運んだ方が早い」

やっぱり！

みるみるうちに頬に熱が集まってくる。

「す、すみませんっ。正体をなくすなんて初めてで……」

「いや、飲ませたのは私だ。だから気にすることはない。体調が戻ったのなら、町までドライブしないか？」

「行きたいです！　あの、少し買い物をしてもいいですか？」

ちょうどアウターを悩んでいたところだったので、即返答する。

「かまわないよ。すぐに出掛ける用意はできる？」

「バッグを持てばＯＫです」

部屋からショルダーバッグを手にして、ドアのところで待ってくれている瑠偉さんの元へ近づいた。

階下へ降りるらせん階段に足を掛けたときも、昨晩の白っぽいものが脳裏をよぎったが、小さく首を左右に振って追い払う。

気にしない、気にしない。

前を歩く瑠偉さんが颯爽と歩くのを見ながら下りた。

今日の彼の服装は、カジュアルな濃紺のジャケットにグレーのスラックスを穿いている。ノーネクタイでラフな格好だけど、気品と優雅さがにじみ出ている。

玄関ホールでバトラーが控えており、瑠偉さんにうやうやしくお辞儀をする。

玄関の扉が開けられ、いつもとは違うパールホワイトの高級車が止まっていた。

運転手は見当たらず、瑠偉さんは車に近づき助手席のドアに手をかけた。

「どうぞ」

「えっと……運転手さんは？」

「今日は私が運転手だ」

瑠偉さんは不敵な笑みを浮かべる。

「そ、そうなんですね」

ということは、車内でふたりきり……。

心臓がわけもなく高鳴ってくる。

昨晩だってふたりきりだったじゃない。でも、あれは恐怖に駆られていたから別のドキドキしかなかった。

「私では運転が心配だと思っているんだろう？」

「い！　いいえ！　そんなことはまったく思っていません。よろしくお願いします」

助手席に滑り込み、シートベルトを装着している間に、瑠偉さんが運転席に座る。

「いってらっしゃいませ」

バトラーが見送り、瑠偉さんは軽くアクセルを踏んで発進させた。

村から町までは車で三、四十分かかる。

今日の空は雲が多いが、ドライブ日和かもしれない。

「町に用があるのでしょうか？」

村を通り過ぎ、田園風景が広がったところで口を開く。

「いや、特にないが。城に来てからずっと出掛けずに、君は仕事をしていただろう？気分転換に出掛けるのもいいのではないかと思ったんだ」

それって、私のため……？

「ありがとうございます。うれしいです」

また顔が熱くなってきてお礼を言った後、景色を見るふりをして横を向いた。

どうしよう……。瑠偉さんが何気なく見せる優しさに惹《ひ》かれている。

それを自覚したとたん、さらに顔が熱くなるのを感じた。

瑠偉さんの運転テクニックは免許を持っていない私が言うのもおかしいが、ブレーキも静かだし、安心して乗っていられる。

「ロンドンでは運転しているんですか？」

「ああ。違反も事故も起こしたことはないから安心して乗ってくれ」

「もちろんです。さっき〝運転手さんは？〟と聞いたのは、いつも運転手がいるので不思議に思っただけです」

瑠偉さんは片肘を窓にもたれるようにして、もう片方の手でステアリングを握り、訳知り顔で顔を緩ませた。

町に到着し、瑠偉さんは車をショッピングモールのパーキングに止める。

「買い物はここで足りる？」

「はい。寒くなってきたので、ウインドブレーカーみたいなアウターを買いたいと思って」

「滞在中に夏から秋になったか。たしかに必要だな。行こう」

ふいに瑠偉さんの手が私の背に置かれ、心臓がドクッと音を立てる。

エスコートをするのが無意識に身についているせいよ。

ショッピングモールは家族連れやカップルなどでにぎわっている。

そういえば、今日は日曜日だった。

「あ！　あの店にいってきます」

そこで、瑠偉さんがふいにスマートフォンを取り出した。

振動していて電話がかかってきたようだ。

「電話に出てください。すぐに戻りますね」

瑠偉さんの元を離れ、衣料品店に向かった。あまり待たせるのも申し訳ないので、目的のものだけを探して店内を歩く。

中綿が入っているウインドブレーカーを見つけ、値段もお手頃で決めた。色はワインレッドで、落ち着いた色味だ。

黒と白の二枚の長袖のカットソーも購入して、満足して待ち合わせの場所へ戻った。

瑠偉さんは向こう側の店舗間の壁のそばに立っていた。体を壁に預け、スマートフォンをいじって俯いていたが、行き交う若い女性たちが注目しては去って行く。

素敵《すてき》だものね。

瑠偉さんがお城に滞在して半月以上が経っている。恋人は会いたくて仕方がないのではないだろうか……。

そんなことを考えながら彼に近づくと、私に気づきスマートフォンをポケットにしまった。

「お待たせしてすみません」

「女性の買い物にしては早すぎないか？　一時間くらいは覚悟していたんだが」

瑠偉さんは私が持っていたショッパーバッグを引き取る。

「買う物を決めていたので。ああっ、自分で持ちます。瑠偉さんに持たせられません」

彼が持った荷物へ手を伸ばすが渡してくれない。

「どうして？　関係がどうであれ男女が歩いていて、女性だけ荷物を持たせているなんて私はできない」

「でも……」

彼はブレイクリー子爵……英国貴族なのだ。

そんな人に荷物を持たせるだなんて、躊躇《ちゅうちょ》してしまう。

「いいから。他に何か見たいところは？」

きっぱりした物言いに安心して笑みを浮かべる。

「ありがとうございます。ではお言葉に甘えて。あとは……できたら書店へ」

「書店か。さっき通ったところにあったな。行こう」

すぐに書店は見つかり、お城関連の書籍の前へ立つ。

「仕事熱心だな」

「以前取材した古城も書籍に掲載するので、それが記載されている本を買おうと思って。間違いがあってはならないですし」

ブレイクリー城の他にイギリスの五つの古城を簡単に載せる。帰国する前にそれぞれの古城をもう一度観に行くつもりだが、書籍は参考になる。

見つけた高いところにある書籍に手を伸ばす私より先に、瑠偉さんの手が伸びる。

「ありがとうございます」

彼が取ってくれた書籍の目次などを確認して、ページをめくる。

企画書にその他の古城を書いており、それを記憶しているのか、瑠偉さんはサクサクと書籍を手に取り渡してくれる。私が捜すよりも断然早くて助かった。

その中で五冊の書籍を厳選して購入した。

書店を出てぶらぶらショッピングモールを歩き、車まで戻った。

荷物を後部座席に置いてから、助手席のドアを開けてくれる。

「……すみません」

彼のような人にドアを開けてもらうなんて、普段してもらえないことなのではないだろうか。彼はかしずかれてドアを開けてもらう方だろう。

「どういたしまして」

助手席に乗り込み、運転席に着いた瑠偉さんは左手の腕時計へ視線を落とす。

「十七時過ぎか。どこか寄って食事をしていこう」

「お城で用意されているのでは……？」

「外で食べてくると言ってあるんだ。帰っても食べ物にはありつけない」

瑠偉さんは楽しそうに顔を緩ませる。

「では、そうさせてください」

デートをしているみたいで、胸の高鳴りが止まらない。

男性と会う機会がほとんどなかったせいよ、きっと。

「リクエストは？　食べてから時間が経っていないから、あまりおなかが空いていないかな？」

「そうでもないです。ずっと食べたかったものがあるんですが」

「遠慮せずに言って」

言い淀む私に瑠偉さんは口元を緩ませると、あたりに注意を向けながら車を発進させる。

「フィッシュアンドチップスが食べたいんですが」

ポピュラーなフィッシュアンドチップスだが、イギリスへ来てまだ一度も口にしていなかった。

ブレイクリー城の食事は贅沢な料理ばかりで、昼食の軽めのメニューにもフィッシュアンドチップスは出されていなかった。

ふと瑠偉さんが嫌いなのではと思い、慌てて首を左右に振る。

「瑠偉さんがお好きじゃなければ別の物で全然かまいませんから」

「そんな風に気を使わなくていいんだよ。どうしてそう思う？」

「食事のメニューにいつもなかったので……」

「嫌いじゃないよ。ロンドンでわりと食べている。考えたこともなかったが、城のコックはフィッシュアンドチップスが好きではないのかもしれないな」

赤信号でブレーキを踏んだ彼は一笑に付す。

はぁ……そんな笑いをされると、胸がキュンとして切なくなる。

途中のパブに寄って、ノンアルコールのビールを飲みながらフィッシュアンドチップスやスコッチエッグなどで夕食を済ませ、車に歩を進めていた。

「あっ！」

小石を踏んでグラッと転びそうになった私の腰のあたりに、瑠偉さんの腕が回った。おかげで転ぶのを免《まぬが》れたが、恥ずかしいやら、意識してしまうやら、心臓の高鳴りはマックスだ。

慌てて離れる私の様子がわかっているのか、彼は余裕の笑みを浮かべる。

「ノンアルコールだったのに、酔った？」

「い、いいえ。小石が……ありがとうございます」

「私はいつも君を助けていると思わないか？」

助手席に促され、座る私に問い掛けられた。

ドアに腕を置いて、覗《のぞ》き込むようにして瑠偉さんに見つめられる。

「そ……うですね。お礼を何度言ったかわかりません。ご迷惑をおかけしています」

彼の目をジッと見ていられなくて俯いた。

「迷惑？　じゃないな。夏妃といると楽しい」

え？

聞き間違いではないかと顔を上げたとき、助手席のドアが静かに外から閉められる。

運転席に着座した瑠偉さんに顔を向ける。

「どうした？　不思議そうな顔をして」

「今、私といると楽しいって言ってくれたんですか？」

「そうだが？」

瑠偉さんの返事にホッと肩から弛緩する。

「良かった。ご迷惑ばかりお掛けしているので、そう言ってくださると安堵します」

「実は話がある」

「……なんでしょうか？」

「明後日から友人の地方にある城館に招かれている」

ってことは、瑠偉さんは明後日からお城を留守にするの……？　あのお城に、夜は
私とバトラーしか……。

楽しい気分が急に冷め、さぁーっと血の気が足元に移動する感覚に襲われる。

「……どのくらい行かれるんですか？」

「三日間の予定だ」

三日間も……。でも、今まで忙しい彼がお城に滞在してくれていた方がラッキーだったのだ。

それでも、寂しい気持ちと夜の恐怖に襲われて言葉にならない。

「夏妃、君も一緒に行かないか？」

「え？」

色々な気持ちを閉じ込めようとしていた私は、ハッとなって瑠偉さんへ顔を向けた。

「夏妃には退屈かもしれないが、昨晩のことを考えると城に残されても嫌だろう？」

「本当のことを言えば、そうです。でも、私なんかが行っては先方に迷惑がかかるのではないでしょうか」

誘ってもらえてうれしいが、よそ者の私が行っては場が白けてしまうだろう。

「参加者はおそらく十人ほどだ。参加者はパートナーや友人を連れてくる。カントリーハウスの部屋数は多いし、女主人のリリアン・バーネットはにぎやかなのが好きだから問題ない。明日、連絡を入れておく」

リリアン・バーネット……。どこかで聞いたことがある……。

バーネットという名に引っかかりを覚えるが、今は思い出せない。それよりも瑠偉さんの留守の話で頭がいっぱいだ。

バトラーがいるが、ひとりでお城に残されたくない。でも、今の時点では夜が怖い。と、煩慮《はんりょ》してしまう。

「夏妃は乗馬したことは？」

「乗馬は学生の頃、習っていたことがあります。でも、ブランクが十年以上もあって。できるんですか？」

近くの乗馬クラブで習っていたのは中学の頃だ。

「ああ。彼女が所有している森でホーストレッキングができる」

「素敵！　でも、乗馬に適した服もないですし、皆さんのような上流階級の服もないので、やっぱり遠慮させてください。瑠偉さんが戻るまで頑張ります。夜は部屋から出なければいいんですから」

考えてみたら、私が行くのは不可能なことだ。

庶民の私を連れて行った瑠偉さんが恥をかく。

「怖いくせに無理するなよ。服なんてどうにでもなる。私も夏妃を城に残す方が心配だ。さあ、着いたよ」

気づけば管理人が開いた錬鉄製の柵のところに立っていた。

五、華やかな世界

翌日の午後。

図書室で作業をしていた私は、母からのメッセージを受け取り、内容を読んで愁眉を開いた。

父は順調に回復しており、一週間後には退院できると書かれてあった。

良かった……。

父のことが払拭《ふっしょく》されたので、明日からのお出掛けも楽しめそうだ。

瑠偉《るい》さん、バーネットって言っていたっけ。もしかして南部にあるバーネット館のこと……？　城館《カントリー・ハウス》だと言っていたし。

もしそこならば、行ってみたいと思っていたところだ。一般公開はしていないが、いくつかの書籍で見たことがある。

私の持っている服で相応《ふさわ》しいのかな。

そこで瑠偉さんの言葉を思い出す。

「服なんてどうにでもなるって、その女主人に借りるってこと……？」

昨晩、部屋の前まで送ってくれた瑠偉さんから「私がどうにかするから、何も考えないでいい」と言われたのだ。

そうは言っても……。

テーブルに頬杖《づえ》をつき思案する。

乗馬服のズボンは尻革かシリコンがついたものだ。ヘルメットは貸してもらえるとしても……。

『ミズ・ヒロセ』

いつの間にかバトラーが入り口に立っていて、その声に驚き、私の肩が跳ねる。

『は、はいっ』

『旦那様がお呼びでございます。サルーンの方へいらしてください』

『わかりました』

椅子《いす》から立ち、バトラーに続いて図書室を出る。

調度品や絵画が飾られている美術館のような廊下を進み、サルーンへ足を踏み入れて目が丸くなる。

そこはさながら高級ブティックのようになっていたのだ。

色とりどりの見るからに高そうなドレスやワンピースがハンガーラックに並べられ

ている。それがいくつもあるので、ここにある服は、五十着はくだらないだろう。

「瑠偉さん、これは……？」

ソファに座っていた瑠偉さんに尋ねる。

「明日からの服を選ぶために、ロンドンから来てもらった」

年配のスタイルの良い女性と、私くらいの年齢の女性ふたりが、並んで立っている。

『話した通り、彼女の衣装を一通り頼む』

瑠偉さんは英語で年配の女性に頼む。

『ブレイクリー子爵、かしこまりました。私どもが相応しいお洋服を選ばせていただきます』

年配の女性はうやうやしくお辞儀をする。

「る、瑠偉さん、ちょっと待ってください。こんなことなら私は行かなくてもいいです」

「夏妃《なつき》に支払わせるつもりはないから安心してくれ」

そこが問題なのだ。そうは言っても、この場に用意されたドレス一着でも、私が支払える金額ではないだろう。

「君は私の連れだ。それなりの格好でなければならない」

「だから……」

「服なんてどうにでもなると言っただろう？　夏妃は気にせずに好みを言うだけでいい」

「瑠偉さん……」

「行かなくてもいいなんて強がりを言うな。昨晩だって、部屋へ行くまでビクビクしていただろう？」

彼は思い出したように「ふっ」と笑う。

「そ、そうですが……」

私が同意したものと解釈した瑠偉さんは、年配の女性に頷《うなず》いた。

彼の言葉の通り、幽霊なんていないのだと思い込むようにしているのに、昨晩も廊下を進んでいると、部屋に入ったあとも鳥肌がしばらく治まらなかった。

瑠偉さんはソファから立ち上がると、困惑して突っ立っている私の前まで来た。両手を私の肩に置き、くるっと体の向きを変えさせられ、うしろから軽く押された。

一歩進んで彼の方へ振り返る。

「瑠偉さん……」

「ほら、行って。洋服を君に買うこと自体たいしたことじゃないし、私のメンツもあるから、夏妃は気にすることはない。言わば、これは私のためだと思っていい」

子爵の友人として行くのだろうから、今着ているような格好はできないと言っているのだ。

「……わかりました」

申し訳ない気持ちでいっぱいになり、頭を下げて年配の女性の元へ歩を進めた。

瑠偉さんはその場を離れ、書斎へ行ったようだ。

彼女は色やデザインの好みを私に尋ねてくる。戸惑いながらもそれに答えると、アシスタントの女性に細かく指示をして次々と服を持ってこさせる。

簡易試着室も用意してあり、そこで試着させられた。

まずは出発の際の膝丈のワンピースを着てみたが、どこにも値段がついていない。

上質な触り心地の生地や、着心地の良いデザイン、おそらく目が飛び出るほどだろう。

できるだけ値段のことは考えないようにする。

着替え終わり、カーテンを開けて年配の女性に姿を見せると、『とても良く似合います』と両手を合わせて褒《ほ》めちぎる。

ブレイクリー子爵――瑠偉さんに思う存分、支払わせるつもりなのかも。

上品なワンピースを着て姿見に映る私はいつもの私ではなく、服のおかげか育ちもよく見える。

パーティードレスを二着、乗馬服一式、その他滞在中に必要と思われる服や靴、バッグ、さらには下着まで選んでいく。

積み重ねられた衣装のそばで、アシスタントの女性がタブレットを見ながら何かを打ち込んでいる。

どれだけの金額がかかったの……？

そこへ瑠偉さんがゆったりとした足取りで現れた。

『ブレイクリー子爵、ご希望通りシーン別に選ばせていただきました。こちらのお嬢様はスタイルが良く、どれもとてもお似合いでしたわ』

「ありがとう。夏妃、気に入ってもらえたか？」

ニコニコ顔の年配の女性から、私に顔を向けた瑠偉さんが微笑《ほほえ》みを浮かべる。

「それは……もちろん。でも、そんなに必要なのかなと……」

ソファの背に並べられた一式へ、私は困惑した視線を向ける。

「困らないくらい余分にあっていいと思う。どれも君に似合いそうだ」

瑠偉さんは年配の女性とアシスタントに『満足している。ありがとう』と言った。

バトラーは彼女たちにアフタヌーンティーを勧めている。

「夏妃、私たちも図書室でお茶にしよう」

図書室で彼とお茶をするなんて初めてのことだ。

ちょうどいい。原稿を確認してもらおう。

図書室のテーブルにはすでにアフタヌーンティーの用意がされていて、イヴリンが待っていた。

窓際のひとり掛け用のソファがあるテーブルに対面で座ると、イヴリンが薫り高いアールグレイティーを陶器のポットからカップに注いで退出する。

「瑠偉さん、あとで原稿をチェックしてもらってもいいですか？　パソコンだと見づらいでしょうか？」

「それなら、書斎でプリントアウトして確認させてもらおうか」

「わかりました」

紅茶を飲んで、生クリームたっぷりの小さなパンケーキを口に入れる。

「失礼」

そう言いながら、瑠偉さんは私の口の横に手を伸ばす。

彼の指先が唇の横に触れた。

その瞬間、電流が走ったみたいに心臓がドクンと跳ねた。

衝撃に固まる私に、瑠偉さんは指についた生クリームを見せて微笑む。

「夢中になるほどおいしい？」

流麗な笑みに見惚《みと》れてしまいそうになる。

「お、おいしいです。すみません。マナーに反してますね」

瑠偉さんは私に見せていた生クリームのついた指を舐《な》めた。

「あっ……」

彼の思いがけない行動にあぜんとなる。

まるで恋人のような親密な行為に心臓がバクバクと暴れ出す。

「甘いな。夏妃はおいしそうに食べるから見ていて気持ちがいい」

私、褒められてるの……？

それとも……からかわれてるの？

「……瑠偉さんのお友達の前で、笑われないように気をつけます」

「いや、君は今のままで充分だ。もし何かミスしたとしても、私の友人なのだから嘲《ちょう》笑《しょう》されることはない」

でも、陰でブレイクリー子爵の友人は非常識だとバカにされるのは瑠偉さんだ。

想像するだけで、胸がギュッと痛む。

迷惑をかけないようにしなければと決意する。

「明日、おうかがいする城館ですが、イギリス南部にあるとおっしゃっていましたよね。もしかしてバーネット館でしょうか？」

「よくわかったな。そうだ、バーネット館だ」

やっぱりそうだったのね。

「お友達のお名前とカントリーハウスに、南部だとお聞きしたのでそうかなと。書籍で拝見しています。一度観てみたいと思っていたんです」

「君の知識にはイギリス人も舌を巻くよ」

滞在中、瑠偉さんに迷惑をかけないよう気をつけなければ。

翌日の十四時過ぎ、運転手がいつもとは違う高級ワゴン車のトランクにキャリーケースをそれぞれ二個ずつの四個を収める。

現地まで車でどのくらいかかしら……。

「行こう。乗って」

スライド式の後部座席のドアが開けられ、手を差し出される。

普段乗る車と高さがあるせいだと思うけれど、昨日の生クリームといい、今といい、瑠偉さんの手に触れる機会が多くて、そのたびに心臓がキュンとなる。

「は、はい」

差し出された瑠偉さんの手を掴《つか》んで、ドアステップに足を掛ける。クリーム色のパンプスはとても履き心地が良く、ベージュのテーラードカラーのワンピースはウエストを共布のリボンで結んでいる。

歩くたびに緩やかに波打つようで女らしい気分になるワンピースだ。

私を乗り込ませた瑠偉さんは、続いて横に腰を下ろした。

バトラーをはじめ、管理人やメイドたちに見送られ、車が走りだす。

錬鉄製の門を通り過ぎるとすぐに右折する。

そちらに大きな道路はなく、広々とした牧草地が広がっている。その先は葡萄畑だ。

困惑しているうちに、車はロイヤルブルーに白のラインが入ったヘリコプターの横に止められた。ブレイクリー家の紋章も見える。

「瑠偉さん、車で向かうのではないのですか?」

「いや、今回はヘリにした。車だと移動時間がかかるからな」

さらっと言ってのける彼に、あっけにとられる。

移動にヘリコプターとは……。

本当に住む世界が違う。今日、城館に集まる招待客たちもそうなのだろう。

気を引き締めなきゃ。

私たちが車から降りている間に、トランクのキャリーケースは、すべてヘリコプターに積まれた。

「ヘリが怖い？」

「実はヘリコプターに乗るのは初めてで……驚いています」

「そうか。今日は風も穏やかで、機体の揺れも少ないだろう。三十分ほどで着くから、その間、空からの景色を楽しんで」

「はい」

ヘリコプターの座席に座り、瑠偉さんはヘッドセットを手にする。

「失礼。機内はうるさいからこれで会話ができる」

そう断りを入れながら、瑠偉さんは私の頭にヘッドセットを装着し、自分も同じように着けると、操縦士に『準備は済んだ』と告げた。

すぐにヘリコプターのプロペラが回る音がして、機体がふわりと浮いた。

どんどん高度が増し、ブレイクリー城の全景が眼下に広がる。

やはりブレイクリー城は美しい。

晴天なので眺望は最高だ。

書籍に空から撮った写真を載せたいと考えるが、一眼レフカメラは今回持って来ていないし、窓が邪魔をするのでうまく写せないだろう。

う～ん……残念。

「どうした？」

ため息をついたのを気づかれてしまい、瑠偉さんが片方の眉を上げて尋ねる。

「上空から見るブレイクリー城も美しかったので、写真を撮って書籍に載せたいと思ったんです。でも、窓越しに写しても良い写真は撮れなそうなので、あきらめました」

「それは思いつかなかった」

「本当に美しいお城ですよね」

「ありがとう」

瑠偉さんは口元を緩ませる。

今日の彼はグレーのスーツ姿で、ネクタイではなくアスコットタイを身につけている。

高貴でいて親しみやすい笑みを見るたびに、深みのある声で名前を呼ばれるたびに、最近の私の心臓はおかしくなる。

私……瑠偉さんに恋をしている……？

『ルイ！』

ヘリコプターを降りた私たちを出迎えたのは、ブロンドの三十代後半と思しき美しい女性だった。背後にメイドが数人並んで控えている。

うれしそうに手を振って、ライトパープルのマキシ丈ワンピースで駆け寄ってきた女性は、瑠偉さんに親しみを込めてハグをする。

『久しぶりだな、リリアン。友人のナツキ・ヒロセを紹介する』

彼らから少しうしろに立っていた私に、瑠偉さんはこちらに来るように手を差し出す。

『ご友人って女性だったのね。よく来てくださったわ。リリアン・バーネットよ。リリアンと呼んでね』

リリアンさんは私ににっこり笑って一歩近づくと、軽くハグをする。

ブロンドの髪は一本の乱れもなくシニヨンにしている。

『突然にもかかわらず温かく迎えてくださり、ありがとうございます。ナツキと呼んでください』

『ええ。どうぞ滞在を楽しんでね』

『ナツキはブレイクリー城を取材するために、日本から来ているんだ』

瑠偉さんはふたりきりではないので英語で話す。

『まあ！　ブレイクリー城を？　よくルイを落とせたわね。イギリス中の出版社が取材したがっているのよ』

『そうおうかがいしています。ブレイクリー子爵が引き受けてくださって幸運でした』

『ナツキ、ここで敬称をつける必要はない。いつも通りに呼んでくれ』

いつもは日本語で会話をしており、彼を呼ぶときは〝瑠偉さん〟だ。

でも〝さん〟は日本語だし……。まさかの呼び捨て？

呼び方ひとつに頭を悩ませ、心臓はドキドキしてしまう。

やっぱり、これって……。

『日本のお嬢さんに招待客は興味津々になるわね。さあ、行きましょう』

リリアンさんは私にも親しげに言葉をかけてくれ、少し緊張が和らぐ。

場に溶け込むまではいかないが、受け入れられなかったらどうしようと思っていたので、リリアンさんの言葉にホッと胸を撫でおろす。

メイドたちは私たちが会話をしている最中、キャリーケースを少し離れた館に運んでいた。

バーネット館は、私が書籍で覚えていた通りの黄色味を帯びた外壁で所々に蔦《つた》や葉に覆《おお》われた、二階建てと屋根裏部屋の窓が見えるカントリーハウスだ。

可愛らしい壁の色合いは童話に出てきそうだ。

玄関ホールにいたのはスーツを着た初老の男性だった。

リリアンさんのご主人としたら年が離れすぎているのでは……？

そう推測しているうちに、バーネット館の執事《バトラー》だと知る。

奥の方から、にぎやかなざわめきが聞こえてくる。

『皆さんお待ちかねよ。ルイ、ナツキを皆さんにご紹介しましょう。どうぞ中へ』

リリアンさんは瑠偉さんと私を部屋へ促す。

扉を開けた先では、十名ほどの男女がいくつかのグループに分かれ談笑していた。

皆、三十代から四十代くらいだろうか。もう少し年上の男女もいるかもしれない。

その場にいる人たちの華やかさがハンパなく、私は気後れして瑠偉さんのうしろに隠れたくなる。

すると――。

驚くことに瑠偉さんの腕が私の肩に回され、ソファに座っていた男女の方へ促される。

『ナツキ、紹介しよう』

瑠偉さんに気づいた男女がソファから立ち上がり、男性は握手のために手を差し出し、女性は膝を追って挨拶《あいさつ》している。

瑠偉さんは私を〝日本人の友人〟と紹介した。

招待客は男女五人ずつで、全員が恋人同士か夫婦のようだ。自然と女性の腰に回される腕や、話ながら楽しそうにキスをするので、恋人のいない私には目の毒だ。

ソファに座ってすぐ、バトラーがスパークリングワインの入ったグラスを瑠偉さんと私にサーブする。

時刻は十五時になったばかりだが、先に来ていた彼らはすでに何杯か飲んでいる様子だ。

夜はパーティーだと聞いている。でも、すでに始まっているのではないかと思うくらい、女性陣は華美な服で着飾っている。

瑠偉さんの左隣でスパークリングワインを口にしていると、リリアンさんが彼の右隣に腰を下ろした。

『ルイ、今日のスパークリングワインはいかがかしら？　この日のためにフランスから取り寄せたの』

『ああ。ナツキには飲みやすいだろう。ナツキ、どうだろうか？』

リリアンさんは瑠偉さんの感想を聞きたい様子なのに、突然話をふられてグラスを口に当てていた私は慌てて飲むのを止める。

『はい。とてもおいしいです』

『そう、良かったわ。どんどん飲んでいらしてね。こちらもご一緒にどうぞ』

テーブルの上の綺麗に並べられたフィンガーフードを勧めるリリアンさんに『ありがとうございます』と笑みを向けた。

それから瑠偉さんに視線を動かすが、彼はふと何かに気づいたように、手にしていたグラスをテーブルに戻す。

白いスーツを着たひとりの男性が、瑠偉さんに近づいてきたのだ。

瑠偉さんはすっくと立ち上がり、男性と握手を交わす。

『ブレイクリー子爵、到着早々ですが少しお時間をいいでしょうか』

『リリアン、私はジェフリーと話をしてくる』

『休暇でいらしたのにお仕事の話を？』

リリアンさんは瑠偉さんと話をしたいのだろう。けれど、彼はすぐに席を立ってしまい、彼女は形のいい唇を不満そうに尖《とが》らせる。

どう見ても瑠偉さんに好意が見て取れる仕草だ。

でも、彼女のご主人は……？

『席を外している間、ナツキをよろしく頼む。彼女は本でバーネット館を知っていたんだ。よかったら案内をしてやってくれないか？』

『わかったわ。いってらして。ジェフリー、すぐに彼を返してね』

ふたりが誰もいない端のソファへ座るのを、私もリリアンさんも見ていた。

もしかしてリリアンさんは瑠偉さんの恋人……？

でも、ご主人がいらっしゃるはずなのに、恋人を呼ぶなんて非常識なことをするはずはない。

『リリアンさん、あの、ご当主様にご挨拶をしたいのですが……』

まだ紹介されていない館の主が、どこにいるのか尋ねる。

『彼は二年前に心臓発作が原因で亡くなったのよ』

『あ！　それは申し訳ありません』

とっさに頭を下げる。

『いいのよ。ルイは寡黙な人だから、余計な話はしなかったのね。でも、ちゃんとこの主に挨拶をしたいだなんて、ナツキは律儀な方なのね』

『いえ……本当に、気が利かなくて申し訳ありません』

彼女に謝りながら、頭の中は招待客の組み合わせを目まぐるしく考えている。五組は恋人か夫婦。私が来なければ、瑠偉さんはリリアンさんのパートナー役を務めるはずだった……？

『ブレイクリー城に滞在していると聞いたけれど、楽しんでいるかしら？　どのくらいいるの？』

『一カ月近くになります。文献を調べたり、写真を撮ったり、一日があっという間に過ぎます。バーネット館も素晴《すば》らしいですね』

『この館は十九世紀半ばに建てられたんだけど、主人が相続したのは五年前で、そのときに家具を新調したから、ブレイクリー城みたいに古めかしくはないでしょう？』

そう言われ、座っているソファやテーブルに視線を向ける。

たしかにどの家具も上質だがデザインは現代的で、ブレイクリー城にある年代を感じさせるアンティーク調の家具ではない。

『その前にあった家具はどうされたんですか？』

『以前のものはオークションにかけてしまったの。場所もとるしメンテナンスも大変でしょう？』

そこへバトラーがリリアンさんを呼びに現れ、ふたりは部屋を出て行った。

ひとりになってホッと息をつき、スパークリングワインを飲んでいると、瑠偉さんが戻ってきた。

「夏妃、リリアンは？」

瑠偉さんは私の隣に腰を下ろす。

「バトラーと一緒に席を外しました」

「気疲れしたような顔をしている」

「え？　そんな変な顔をしていますか？」

びっくりして両手を顔にやり、ぴしゃぴしゃ軽く叩《たた》いたりもんだりする。

「変な顔じゃないが」

瑠偉さんは顔をもみほぐそうとしている私を見て笑う。

「パーティーは六時からだ。気分転換に少し歩こうか」

「はいっ」

立ち上がった彼は私に手を差し出して、立たせてくれた。

瑠偉さんは近くにいた友人に『少し歩いてくる』と告げ、私を外に連れ出した。

「寒くないか？」

「はい。ちょうどいいです」

バーネット館を出て、建物の裏手に回る。

敷地内は緑が綺麗《きれい》でかなりの面積にわたって、見栄えよく剪定されているようだ。

「向こうに厩舎《きゅうしゃ》がある」

「かなり広いですね」

「ああ。その奥に森があるだろう。六マイル以上、日本だと十キロくらいか。明日はあそこでホーストレッキングをする。練習もできる馬場もあるから、少し慣らしてからトレッキングしよう」

「ありがとうございます。乗馬はずいぶん久しぶりなので、勘を取り戻したいです」

心地よい風に吹かれながら並んで歩を進める。

隣に並んで歩く瑠偉さんの顔を、私はちらりと見上げた。

リリアンさんとの関係を聞きたい。

ふたりが恋人同士ならば、邪魔をするつもりはない。

本当に……？

胸がツキンと痛み、足が止まる。

「どうした？」

瑠偉さんは、突然立ち止まった私を見下ろして、かすかに首を傾《かし》げる。

違う、邪魔をするつもりはないとかじゃなくて。

私と瑠偉さんの視線が絡む。

美しいその瞳から、魅入られたように視線を外せない。

ああ、そうだ。

リリアンさんであろうと他の誰であろうと……瑠偉さんが恋人といるところを、見たくない。

はっきりと、そう思った。

「あ、あの……」

自分の想いを知られたくなくて、その先が出てこない。

私は、瑠偉さんに恋をしている。

でもこの恋は、身分違いも甚《はなは》だしいものだ。

言い淀む私に瑠偉さんは不思議そうに微笑みを浮かべる。

「躊躇《ちゅうちょ》するなんて、夏妃らしくないな」

「……私は、お邪魔だったのではないでしょうか？」

「邪魔？　いきなり何を言っているんだ？　邪魔だったら連れてこない」

ここまで言ったのだから、最後まで話そう。

「皆さん、カップルで、私が参加しなければ瑠偉さんはリリアンさんとカップルだったのではないかと……」

すると、いきなり瑠偉さんは声を出して笑う。

「クックッ……リリアンが私の恋人だと考えたのか。あの状況ではそう考えるのも無理はないが、彼女は私の恋人ではない。今日の参加者は聞いていたが、来られなくなった者もいて、偶然に私たちを除く参加者はペアだった。ということだ」

リリアンさんが瑠偉さんの恋人ではないと聞いて安堵したが、彼女からの好意は絶対に気づいているはず。

「ここへ来た理由は商談だ」

「商談？」

「私が不動産会社を経営しているのは知っているだろう？　先ほど席を外して話をした男はジェフリー・キングストンといって、裕福な父親から相続したロンドンの土地を買ってほしいと頼まれていたんだ」

「そうだったんですね……」

「リリアンは幼馴染みだ。恋愛対象ではないよ。夏妃、居心地が悪かったんだな」

ふたりの関係が幼馴染みと聞いて、正直ホッとしている私がいた。

だからといって、私の瑠偉さんへの気持ちがどうにかなるわけではないが。

「知らない方ばかりだったので……ちょっと戸惑ってしまいました」

「他の皆がカップルだからと気にすることはない。せっかくだから楽しんでもらえればと思う。戻ってパーティーの支度をしよう」

「はいっ」

気になっていたことが払拭され、重々しかった気持ちが晴れていく。

城館に戻る私の足取りは軽かった。


バーネット館へ戻ってすぐメイドに泊まる部屋に案内される。

二階は廊下を真ん中にして左右にドアがいくつもあり、私は階段を上がったところの部屋だ。

「じゃあ、パーティーの五分前に迎えに来る」

「お願いします」

瑠偉さんが突き当たりのドアへ手を掛けたのを見てから、あてがわれた部屋に入室した。

ドアのそばにキャリーケースがふたつ置かれている。

部屋は十畳くらいの広さで、シングルベッドが壁側に鎮座しており、シャワールームと洗面所、トイレなどが備えつけてあるホテル仕様だ。

時計の針は十六時三十分。

シャワーを浴びてから支度をしよう。

その前にキャリーケースを開けて、今日着るドレスを出してベッドの上に広げておく。他にも下着やメイク道具なども用意して、バスルームへ向かった。

皆がシャワーを使っているのか、水圧が若干弱いが全身を洗い終え、体にタオルを巻いて洗面台の鏡の前へ立つ。

せっかくドレスを用意してくれたのだから、瑠偉さんに綺麗だと思われるように丁寧にメイクしよう。

スキンケア後、ナチュラルに仕上がるようにメイクをし、少しだけまつ毛が長く見えるようにマスカラを施した。

リップは艶《つや》のあるローズにして、つけすぎないように気をつける。

ドライヤーで乾かしてあった髪は、両サイドの毛を編み込みハーフアップにして顔がスッキリ見えるようにアレンジする。

ベッドに歩を進め、広げていたドレスを手にした。

ドレスの色はベビーピンクで、二十七歳の私には若々しすぎるかと思ったけれど、試着してみると顔の色が明るくなり、ブティックのオーナーにも褒められたのでこれに決めたのだ。

デコルテラインが綺麗に見えるスクエアの襟に、袖はチューリップのように何枚も重なっている半袖。ふんわりと柔らかいオーガンジーだが広がりすぎないプリンセスラインになっている。

こんなドレス、日本なら結婚式の花嫁しか着られないわね。

ドレスを着用してベッドに腰を下ろし、ストラップのついた艶やかなシルバーのヒールへ足を通した。

ヒールは五センチなので高すぎるわけではないけれど、立ち上がってみるとスッと背筋が伸びた気がする。

洗面所の鏡に半身を映すと、いつもと違う別人のような私がいた。

瑠偉さんの友人として、これで少し自信を持てる……かな……。

支度を終えて五分後、落ち着きなく部屋をウロウロしていたところへドアがノックされた。

ドアを開けた先に、盛装した瑠偉さんが立っていた。似合い過ぎる英国紳士そのものの姿にぼうっと見惚《みと》れる。

高身長でスタイルがいいので、モデルか俳優のようにブラックフォーマルが様《さま》になっている。

「夏妃、とても綺麗だ。女性たちの中で一番注目を浴びそうだな」

日本人の男性なら、そんな褒め言葉は聞くことができないだろうセリフを恥ずかしげもなく言ってのけるのは、お国柄なのかもしれない。

「メイクアップをして、ドレスを着るのは初めてなんです。そう言っていただけて気が楽になりました」

誰かが褒めてくれたとしても、瑠偉さんの言葉が一番うれしい。

「腕に手を掛けて」

瑠偉さんに腕を差し出され、照れくさい。

でも、ここは恥ずかしがっている場合じゃない。男性がエスコートするのは当たり前なのだ。

小さく深呼吸をしてから数歩近寄り、差し出された腕にそっと手を置いた。

瑠偉さんにエスコートされ、できるだけおしとやかな足取りで階下へ赴《おもむ》くと、待ち構えていたバトラーに広間へ案内される。

広間では、三組の男女が席に着き談話していた。

瑠偉さんと私の姿に、男性陣は立ち上がり丁寧にお辞儀をする。

クラシックの曲が流れ、白いテーブルクロスの上にはカトラリーがセットされている。

『ミズ・ヒロセ。お席へご案内します』

バトラーに椅子を引かれ真ん中の席に着座する。

隣に瑠偉さんが……と、思ったのだが、彼は私の斜め前に案内され、私の前にリリアンさんが座った。彼女は瑠偉さんの隣だ。

他の男女も連れとは離れ、私の両隣には男性が着席する。

右隣の男性は既婚者のテイラー氏。左隣の男性は恋人を連れて来たコーンズ氏。ふたりとも三十代前半くらいに見える。

対面では、リリアンさんが瑠偉さんの方へ体を寄せて話をしている。

瑠偉さんと離れて座り心細いが、なんとかなるだろう。

おもてなしの料理はフレンチで、料理に合ったアルコールもその都度出され、招待客は美食を堪能している。

テイラー氏は物静かな男性で、日本に何度か旅行をしており興味があると言って、観光した場所の話をした。

コーンズ氏は恋人がいるのに、やたらと腕や肩に触れてくる人で不快な気分になる。恋人と離れているすきに浮気をするタイプだろうと推測する。

食事中はテイラー氏とできるだけ話をして、違和感なく避《さ》けられたと思う。

ドレスを汚さないよう、そしてマナーも笑われないように緊張し続けたディナーが終わり、どっと疲れた。

隣のサロンへ場所を移すと、映画でしか見たことのないダンスが目の前で繰り広げられる。

『ルイ、お相手してくださる？』

私の隣に座ろうとしていた瑠偉さんを、リリアンさんがダンスに誘い、彼は私を見遣《や》る。

「瑠偉さん、踊ってきてください。私はダンスはできないので」

「そうか……では、ここでくつろいでいて」

素直に頷く私に瑠偉さんは麗《うるわ》しい笑みを浮かべてみせると、リリアンさんとフロアへ向かう。

リリアンさんをエスコートするうしろ姿も素敵《すてき》だ。

私は隅のソファに座って、瑠偉さんの上手な社交ダンスを眺《なが》める。

リリアンさんは瑠偉さんと優雅に踊っている。

はぁ～、かっこいい……。ワルツかな……？

さっきから私の目は瑠偉さんだけを追っている。

パーティーって言うくらいだから、社交ダンスがあるのはそれとなくわかっていたけれど、踊れないから皆を見ているしかなく退屈だ。

それに……瑠偉さんが女性と近すぎる距離にいるのも、もやもやしてしまう。

ダンスだから、しかたないんだけれど。

アルコールもけっこう飲んじゃったし、部屋に戻ろうかな。

そう考えているうちに、いつの間にか瑠偉さんが目の前に立っていた。

「夏妃、ひとりにさせてすまない」

「いいえ。皆さんのダンスを見ながら楽しんでいました。でも、お酒も入って眠くなってきたので、部屋に戻らせていただこうかと」

瑠偉さんはブラックフォーマルの袖を少し上げて腕時計へ視線を落とす。

「まだ二十一時じゃないか。夏妃、ダンスの相手になってくれ」

「ええっ⁉」

びっくりして素《す》っ頓狂《とんきょう》な声が出る。

「私、踊れませんっ。日本人の一般市民はほぼ踊れません！」

頭をフルフルと左右に振るが、瑠偉さんは楽しそうにニヤリと笑って、手を差し伸べてくる。

「だ、だめです」

「夏妃、いい機会だ。私が教えるから。すぐに踊れるようになる」

「でも、まったく知らないんですよ？　瑠偉さんの足を踏んじゃうかもしれないし」

「踏んでもいいさ。最初はそんなものだ。せっかくドレスを着ているんだから、ほら踊ろう」

食い下がる瑠偉さんに勝てるわけがない。

「……じゃあ、湿布を用意してくださいね」

差し出された手のひらに手を置いて立ち上がる。

四組が踊っているダンススペースに連れ出されてすぐ右手が繋がれ、左手は肩に置くように教えられる。瑠偉さんの右手は私の背中に添えられた。

「曲は三拍子のワルツだ。ステップとターン、これだけで簡単に踊れる。いいか？」

瑠偉さんはステップとターンを私に教える。

流れている音楽に合わせ、瑠偉さんのリードに合わせてステップを踏む。

「そうだ。その調子だ。うまいよ」

うまく踊れるのは瑠偉さんのおかげだ。

「夏妃、足元ばかり見ないで。私を見るんだ」

耳元で囁《ささや》かれ、かっと頬が熱くなる。

「ほら、夏妃？」

瑠偉さんの声に誘われるように、おずおずと顔を上げると、まっすぐ射貫くような眼差《まなざ》しで私を見つめていた。

魅入られたように視線を合わせたまま、同じリズムを刻む。

少しずつダンスに慣れて、ぎこちなさも取れてきた。伸び伸びと踊らせてくれ、だんだんと楽しくなってきた。

瑠偉さんに恋する私にとって、夢見心地の時間だ。

「初めてだとは思えないくらい上手だ」

「ふふっ。瑠偉さん、楽しくなってきました。あっ！」

イレギュラーで一回転のところを、くるくると二回転させられた。

楽しくて、うれしくて、くすくす笑いながら瑠偉さんのリードに身を任せる。

こんなに心弾《はず》むのはお酒が入っているからで、酔いが回ってきているのかもしれない。

六、女主人の罠

洗面台の鏡を覗《のぞ》き込んで、乗馬の支度をチェックする。

「これで大丈夫かな」

昨夜のパーティーは午前一時過ぎまで踊ったり飲んだりして、楽しい時間を過ごした。

瑠偉《るい》さんにダンスを教えられてからは、他の男性からも誘われた。

どの男性も紳士的で、ダンス初心者の私を上手にエスコートしてくれた。

でも、一番踊りやすかったのは瑠偉さんだったし、他の男性にエスコートされても心は浮き立たなかった。

好きになってはだめなのに……。

彼は不動産会社のCEOで爵位を持つ貴族。

一方で私は、自分で選んだとはいえ、フリーライターという不安定な立場。

釣《つ》り合うわけがない。

そう思っているのに、惹《ひ》かれる気持ちを止められない。

「さてと、久しぶりの乗馬だから明日の筋肉痛は免《まぬが》れないわね」

洗面所から離れてソファテーブルに置いた黒のヘルメットとグローブを手にした。

体にフィットしたブラウンの伸縮性のある上着に、グレンチェックの乗馬用のズボン、黒のロングブーツを履いている。

髪の毛は邪魔にならないよう、うしろでひとつに結んだ。

朝はゆっくり起きるのがお決まりのようで、皆さんと一緒に十一時にブランチを食べたばかりだ。

ヘルメットを抱えて部屋から出て、集合場所の広間へ足を運ぶ。

だいたいのメンバーはいたが、瑠偉さんとリリアンさんの姿がまだない。

広間へ入ったところで、ジェフリーさんが近づいて来た。

昨晩は彼と何回かダンスをしたので、親しみのある笑みを浮かべている。

『ナツキ、今日も素敵《すてき》だよ。ブレイクリー子爵は?』

『まだ、いらっしゃっていないみたいですね』

『そうか……実は、君にお願いがあるんだ』

ジェフリーさんの言葉にキョトンとなる。

『お願い……ですか?』

『ああ。まだ土地の件でブレイクリー子爵から良い返事をもらっていないんだ。あの土地を僕の言い値で買ってもらうよう、君からも頼んでもらえないかな』

『わ、私が頼む？　彼は私の言葉に左右される方ではないと思います』

慌てて首を横に振る。

『そこをなんとか。君はブレイクリー子爵の恋人だろう？　可愛い君の頼みなら叶《かな》えてくれるはずだ。僕は用事があって夕方にロンドンへ戻るから、それまでによろしく』

『ちょ、ちょっと待ってください』

呼び止める声は届かず、ジェフリーさんは恋人の元へ行ってしまった。

私が瑠偉さんの恋人だと勘違いしているようだ。

困惑して、彼女と話しているジェフリーさんへ視線を向けていると、瑠偉さんが現れた。

森の中を行くので正式な乗馬服の上着ではなく、動きやすそうな黒地のツイード素材でできた乗馬用ジャケットと長い足にフィットしたズボンにロングブーツ姿だ。

ブラックでまとめられた装いだが、喉元に白いスカーフのような布地が見えてスタイリッシュでかっこいい。

「待たせたか？」

瑠偉さんのブラウンの瞳に見つめられると、昨晩のダンスのときにずっと視線を絡ませて踊っていたのを思い出す。

「いいえ。私も今来たところです」

『皆様、お待たせしました』

クリーム色の乗馬服を身に着けたリリアンさんが輪の中へ入って来て、『それでは行きましょう』と皆を促し、一行は厩舎へ向かった。

リリアンさんを除いた女性たちは馬に乗るのが久しぶりだったので、男性たちも騎乗する馬を選んだあと、馬場で慣らしてから出発した。

十年以上馬に乗っていなかったが、まだ体が覚えていたようで、すんなりと常歩《なみあし》や速足《はやあし》ができた。

久方ぶりにもかかわらず乗れてホッとする。

茶褐色の毛を持つ鹿毛の馬の背に乗っている私の隣に、瑠偉さんが並ぶ。彼は黒毛の馬に騎乗している。

『夏妃、上手じゃないか。運動神経がいいんだな』

瑠偉さんに褒《ほ》められ、にっこり笑みを向ける。

『皆さんの足手まといにならずに済みそうです』

『久々だから、注意を怠《おこた》らないようにしろよ』

『はい。気をつけます！』

徐々に森の方へ参加者は移動し始め、白馬に乗ったリリアンさんが少し先で私たちに手を振る。

『ルイ、ナツキ、行きましょう』

私たちは馬を操り、森へ速足させた。

五歳の頃からポニーに乗り、その後、常に馬に乗っていたという瑠偉さんの手綱《たづな》さばきは見事で、完璧に馬と一体になっているように感じた。

『いい天気だし、森は清々しいし。最高のロケーションね』

軽井沢《かるいざわ》へ帰省したときは乗馬クラブへ行って、また馬に乗りたいとさえ思う。

リズムよく馬を歩かせ、ひんやりした空気をまといながら、皆の後を追った。

うっそうとした森には小川も流れている。

馬場で練習をしていたときは晴れていたが、樹々の間から見える空は少しどんよりし始めている。

「風が冷たくなってきた。戻るまで雨は大丈夫そうだが。寒くないか？」

「はい。大丈夫です。軽井沢の森にいるみたいに清々しい気分です。あ、私は女性の皆さんと一緒でも平気なので、瑠偉さんは先に行ってくださいね」

しばらく瑠偉さんと並行して常足をしていたが、私がテイラー氏の奥様に話しかけられたのをきっかけに離れた。

二時間ほど森を散策して厩舎に戻ったとき、ジェフリーさんに頼まれた話を思い出した。

私が出る幕ではないが、いちおう瑠偉さんに伝えなければ。

ジェフリーさんはホーストレッキングが終わったあと、ロンドンへ戻ると言っていた。

馬上からあたりを見回して瑠偉さんの姿を捜す。

彼の姿はない。

まだ戻って来ていないのかな……。

そこへリリアンさんが白馬を操作して私のところへやって来た。

『お疲れ様。楽しかった？』

『はい。とても。扱いやすい子だったので、楽しく過ごせました。馬を貸してくださりありがとうございました。あの、ルイ……を見ませんでしたか？』

瑠偉さんの名前を呼び捨てることは、やっぱり慣れない、そんなことを思いながら、彼の行き先をリリアンさんに尋ねる。

『……途中まで一緒だったんだけど、電話がかかってきて離れたの。ルイならすぐに追いつくと思ったのに、まだ戻っていないなんて。もうすぐ雨も降ってきそうだから心配だわ』

リリアンさんは思案顔になる。

『私、ちょっと探してきます』

手綱を操作して速足で来た道を戻る。

リリアンさんの言う通り、少し行ったところで見上げた頬にポツンと雨が降ってきた。

「瑠偉さんに何かあったってことはないわよね……？」

落馬して気を失っているところを想像して、ブルッと震える。

「彼のような熟練者がそんなことになるはずがないわ。瑠偉さーん！　瑠偉さーん！」

大きな声で呼んでみるが、返事はない。

そのとき、空から雷鳴が聞こえた気がした。

雷……？

瑠偉さんどこにいるの？

「瑠偉さーん！」

そのとき、速足で馬を進めていた私の前に、一匹の野兎が飛び出てきた。

慌てて馬を止めようとするけれど、馬はびっくりして前足を宙に浮かし、私は馬の背から放り出され地面に叩《たた》きつけられた。

「っう……あ！　待って！」

私を振り落とした鹿毛の馬は、そのままどこかへ走り去っていった。

ため息をつきながら立ち上がろうとするが、右足首を捻《ひね》ったみたいでズキンと痛む。

ヘルメットのおかげで頭は痛まないが、右側の腕や太腿のあたりが痛んだ。

どうしよう……馬は森に慣れていると言っていたから、自分で厩舎に戻る？

馬に何かあったら、リリアンさんに弁償しなければならないだろう。

そう考えたら、サーッと血の気が引く。

ポツポツ降り出していた雨はけっこうな降りになっている。雷もさっきよりも近くに聞こえるので、森の中にいたら危険だ。

痛みに声を上げそうになるのをこらえて、なんとか立ち上がる。

雨に打たれて濡《ぬ》れ鼠になり、体がずっしりと重い。

そこへピカッと空が光り、少しして雷鳴が響いた。

「大丈夫。まだ遠い」

雨が降る森は十五時頃とはいえ、薄暗くて気味が悪い。

足を引きながら城館に向かって進むが、痛みのせいで亀の歩みだ。

またぴかりと空が光る。その後、十秒も経たずに雷が地響きを立てるような音で鳴った。

「きゃーっ！」

あまりの大きな雷の音に、両手を耳に当てて叫《さけ》ぶ。

どんどん雷は近づいてくる。

木の近くが一番危ないのは知っている。

もし、落ちてきたら……。

そう考えると、怖くて仕方がない。

瑠偉さんは大丈夫だろうか。

ふと、彼の私を呼ぶ声が聞こえてハッとする。

ううん。空耳よ。

雨も激しさを増し、視野が遮《さえぎ》られる。

「夏妃《なつき》！　夏妃！　どこだ⁉」

今度ははっきり私を呼ぶ瑠偉さんの声が聞こえた。

近くに瑠偉さんがいる！

「瑠偉さんっ！　ここです！」

できるだけ大きな声で何度も瑠偉さんを呼んだ。

すると、蹄《ひづめ》の音と共に、城館の方角から黒毛の馬に乗った瑠偉さんが現れた。

「夏妃！」

彼は馬から飛び降りて安堵した表情で駆けてくる。

「夏妃！　大丈夫か！　見つかって良かった……」

「瑠偉さんっ！」

次の瞬間、瑠偉さんの腕に引き寄せられ、胸の中に閉じ込められるように抱きしめられた。

心細かった私は瑠偉さんの姿にホッとして体の力が抜けそうだ。

「落馬をしてしまって、右足をねんざしたみたいで……」

「どうして、ひとりで森の中へ入ったんだ？　いや、今は話をしている場合じゃない。雷がひどい。ここから離れよう」

瑠偉さんは城館の方角から現れた……なんでだろう？

でも彼の言う通り、雷がひどくなっていて一刻も避難した方がいい。

瑠偉さんはヘルメットをしておらず、びっしょり濡れ、長いまつ毛にも水滴がついている。

バーネット館に戻った方がいいのではないだろうかと思った矢先、ピカッと光った直後、あたりに轟音が響いた。

「きゃーっ！」

瑠偉さんは私を抱き上げ、右足に気をつけながら黒毛の馬に乗せ、彼も飛び乗る。

「どこへ避難を？」

「この先に……バー……ット家の小屋……ある」

大きな声を張り上げても雨と雷の音で聞き取りづらい。

私を前に抱きかかえるようにして手綱を握る瑠偉さんは、馬をできる限り速く走らせ、赤い屋根が見えてきたときには愁眉を開いた。

馬から降り、私を地面にそっと下ろす。

玄関のひさしのあるところへ移動した彼はスマートフォンをポケットから取り出し、どこかへかける。

『私だ。小屋の鍵の番号を教えてくれ……ああ、わかった。様子を見て戻る』

リリアンさんに電話をかけたみたいだ。

瑠偉さんはスマートフォンを私に渡して、玄関のロックを解除した。

「ゆっくり入るんだ」

小屋の中へ足を踏み入れ、瑠偉さんも黒毛の馬を引いて歩を進めた。

雷や雨の届かない室内に、胸を撫でおろす。

今も雷鳴は外で暴れている。

彼は馬を柱に繋げ、乾いたタオルを探しだして私に渡すと、暖炉に薪をくべ火をつける。

一連の動作はきびきびして無駄《むだ》がない。

私は乗馬用のヘルメットを外し、ぐっしょり雨で張りついた上着を脱いだ。ひとつに結んでいた髪をタオルで拭く。

「全部脱いだ方がいい。風邪を引く」

「で、でも……」

全部脱ぐことなんて、できるわけがない。

瑠偉さんは数枚のタオルと薄手の毛布を持って戻って来る。

「体を拭いたら、毛布にくるまって暖炉のそばで温まろう」

そうは言っても……。

躊躇《ちゅうちょ》する私に、瑠偉さんは近づき至極真面目《まじめ》な顔で口を開く。

「自分でできないのなら私が脱がせるぞ？」

「え!?」

目を見開く私の体が突として抱きしめられた。

「瑠偉、さん……？」

「私がどれだけ心配したと思っているんだ。夏妃にもしものことがあったらと思うと、体が震え、君が見つかるまでずっと心臓は暴れていた」

「ごめんなさい。こ、こんな森で雷に打たれて死んだとしたら、瑠偉さんにご迷惑がかかりますよね」

どこかに落ちそうなくらい恐ろしいほどの雷雨だった。

「そうじゃない！」

瑠偉さんは私の肩に手を置いたまま少し体を離して、目と目を合わせる。

「君に万が一のことがあったらと考えたとき……私は夏妃を愛していることに気づいたんだ」

「る……い……さんが、私を愛してる……？」

「そうだ。いつの間にか私の心に君が住みついていたんだ。いや、君がバイクの男に襲われたときから、常に君が気になっていた」

瑠偉さんの告白に私の頭の中は追いつけない。でも、うれしいのはたしかだ。

「本当に……？」

私は泣きそうになりながら、瑠偉さんに抱きついた。

「瑠偉さん、私もです……。だめだと思うのに惹《ひ》かれていって、どんどん好きになって……。でも、仕事を終えたらもう会うことはありません。だから、心を抑えていたんです」

「夏妃」

彼の長い指が私の顎に触れ、そっと持ち上げられた次の瞬間、唇が重ねられた。

甘く唇を啄《ついば》んだ瑠偉さんはすぐにキスを止める。

「すごく震えている。このままキスをしていたいのはやまやまだが、風邪を引かせるわけにはいかない。早く脱いで温まろう。私も向こうで脱いでくる」

瑠偉さんは私を離すと、繋がれた馬の向こうへ行った。

馬の方へ背を向けて急いでロングブーツに手を掛ける。右足首が腫《は》れていて、なかなか脱げなかったが、なんとか外せた。

体に張りついた服も取り去りショーツだけになってタオルで拭き、肩から毛布にくるまった。

毛布のおかげで寒さから解放され、人心地がついた。

三十畳くらいありそうな小屋は、想像していた小屋とは違って清潔だ。

暖炉の周りには床に敷かれたラグとソファ、小さなキッチンも完備されている。

近くに小川があるから、休日にゆっくりするような場所なのだろう。

瑠偉さんが私を愛してくれるなんて夢にも思わなかった。

夢を見ているようだ。

もしかして、実は意識を失っていて本当に夢を見ている……？

「夏妃、何をぼんやりしているんだ？」

タータンチェックの薄手の毛布を腰に巻き、上半身は何も身に着けていない。

筋肉が綺麗についた体を見て、慌ててうしろを向く。

「上も、さ、寒そうです。何か掛けてください」

「掛けても落ちるんだ。もしかして私の体に欲情したか？」

「ち、違いますっ」

瑠偉さんの笑い声が近づき、肩に手が置かれる。

「冗談だ。恥ずかしがる夏妃の顔がたまらないな」

愛の告白をしてから、瑠偉さんはずっと甘い雰囲気《ふんいき》を漂わせている。

「それよりもさっきぼんやりしていたのは？　何か考え事を？」

「……もしかしたら、これは夢なのかなって」

すると彼は口元を緩ませて、チュッとおでこにキスを落としてから私を持ち上げた。

「これは現実だ」

お、お姫さま抱っこ。

「重いですから、下ろしてください」

毛布がずれないように片手で押さえ懇願する。

「私をやわな男だと思っているのか？　夏妃をこうして運んだのは二回目だ。照れることはない」

「て、照れているんじゃなくて……」

話している間に、火が順調に燃え始めた暖炉の前のラグに下ろされた。

ソファからいくつものクッションを私の背に置いた彼は、棚のあちこちを探して箱を持ってきた。

瑠偉さんは目の前に腰を下ろし、私の右足のねんざの程度を確認する。真剣な目で足首を見られ、心臓がドキドキ暴れてくる。

ショーツと毛布一枚しか身にまとっていないし、瑠偉さんは上半身裸だ。

意識しないで。ここをプールやビーチだと思えばいいのよ。

「腫れているが、靭帯断裂や骨折はしていないようだ」

「痛いですが。そこまでの痛みじゃないと思います」

「医者に見せるまで湿布で応急処置をしておこう」

湿布を右足首に貼り、箱に入っていたテーピングで固定してくれる。

「とりあえず、これでいいだろう。他に痛いところは？」

右側の腕や太腿のあたりだが、それを見せるには毛布を……。

「どうした？　顔が赤いぞ」

「だ、だって……」

暖炉の火が顔に当たっているせいだと言いたいところだが、本当は違う。

瑠偉さんは訳知り顔で「ふっ」と、口元を緩ませる。

「可愛すぎてこの場で君を奪ってしまいたい。そう思っているのはたしかだ。だが、ここは愛し合うには相応《ふさわ》しい場所じゃない。自分に言い聞かせて理性を保っているんだ」

「瑠偉さん……」

「だから、夏妃の肌を見て興奮はするだろうが、湿布を貼るだけに専念すると誓うよ」

からかうような瞳を向けられ、クスッと笑みがこぼれる。

瑠偉さんは、本当に魅力的な人だ。

そんな人が私を愛しているなんて信じられない。

だけど、これは現実……。

「痛いところは？」

「……右腕と太腿です」

毛布をずらして肩から抜いた。

二の腕の横あたりから肘までの色が変わっていた。

「これはひどいな、かわいそうに……」

右腕の打撲痕を確かめ、瑠偉さんは新たな湿布を取り出す。

「ところで、なぜひとりで森の中へ入ったんだ？　リリアンから一度戻って来たが気づくと森へ向かって走っていたと聞いたが」

「え……？」

リリアンさんはちゃんと瑠偉さんに説明していない……？

瑠偉さんは話をしつつ、腕に湿布を貼っている。

足首を触れられたときよりも腕は彼の体温を感じて意識してしまうが、瑠偉さんにはそんな表情は見られない。

そこでジェフリーさんからの頼まれ事を思い出す。

ホーストレッキングの終了からかなりの時間が経ってしまっているから、ジェフリーさんはすでにバーネット館を発っているかもしれない。

「瑠偉さんに話があって、厩舎に戻ったとき捜したんです。そこにリリアンさんがやって来て瑠偉さんはまだ森の中にいると言われたんです」

「なんだって!?」

想像よりも驚く彼に、私は目をぱちくりさせる。

「私が急用で先にバーネット館に戻ったのをリリアンは知っていた」

「え……知って……」

「皆がバーネット館に戻ったが、夏妃の姿がなく、誰も居場所を知らなかった。そこへリリアンが慌てた様子でやって来て、君が森の中へ戻って行ったと言ったんだ」

何かを悟ったのか、瑠偉さんの顔が険しくなる。

私はリリアンさんにはめられたの？

困惑していると、毛布が肩に掛けられた。

「すまない。夏妃を失いかねなかったリリアンの嘘《うそ》は、許せるものではない」

「瑠偉さん……」

「この件はちゃんとリリアンと話をして、謝罪させる」

全面的に私を信用してくれている……。

「私が嘘をついているかもしれないのに、信じてくれるんですか？」

「こんな怪我までして？　なんの理由があって、怖がりの君が悪天候の中、森へ入る理由があるんだ？　次は腿を見せて」

瑠偉さんの言葉に感動して、無意識に毛布を上げて右足を出した。

「綺麗な脚だな」

「あんまり見ないでください……」

やはり太腿の外側が打撲の痕が出てきている。

「見ないと貼れない」

恥ずかしがる私に瑠偉さんは笑い、痣《あざ》の上へ湿布を貼る。

「ありがとうございました」

毛布を元の位置に戻し、彼は残りの湿布を箱の中へしまった。

「そういえば、私に用があったと言ったが？」

「あ！　ジェフリーさんに頼まれて。でも、仕事に口を出すつもりはないんです。私が話しても瑠偉さんは瑠偉さんの考え通りにしてくださいね」

「ジェフリーと聞いてすぐにわかったよ。ロンドンの土地の件の口添えを頼まれたんだな」

「私を瑠偉さんの恋人だと勘違いしていて」

「あながち間違ってはいない」

余裕の笑みを浮かべる瑠偉さんだ。

「ジェフリーさんはホーストレッキングが終わったあとにロンドンへ戻ると言っていたので、いちおう話さなければと気が急《せ》いてしまって」

「わかった。そのせいで夏妃はひどい目に遭ったんだ。そう簡単に商談は成立しないかもしれないな」

暖炉からは薪のはぜる音が聞こえてくる。

そういえば、いつの間にか雷の音がしなくなっていた。

「落馬したのは馬が雷に驚いたからか？」

「いいえ。目の前に野兎が飛び出てきて、慌てて手綱を引いたせいです。あ！　馬は大丈夫でしょうか？　ちゃんと厩舎に戻れますか？」

「そうだった。夏妃を捜していたとき鹿毛の馬が全速力で戻って行ったよ。それで夏妃はどこかで落とされたか故意に下りたのか、さらに心配が増したんだ」

ふいに瑠偉さんは首を私の方に伸ばして唇を重ねる。

「夏妃の唇は甘い。すぐにキスしたくなる」

顎に掛けられた手で上を向かされ、ふたたび唇が塞《ふさ》がれた。上唇と下唇を甘く何度も食《は》むように口づけて、舌が口腔内に入り込む。

「んっ……」

うっとりと瑠偉さんのキスを受け入れていると、どこかで着信音が聞こえてきた。

「電話か……」

私のおでこに唇を落とした瑠偉さんは立ち上がり、少し離れたテーブルへ近づく。

夢中になってキスをしているうちに、いつの間にか組み敷かれていたみたいだ。

体を起こしたところで、スマートフォンを耳に当てた瑠偉さんが会話をしながらソファに腰を下ろした。

『――雷はおさまったが、雨はまだ降っている。今日はここに泊まって明日の朝戻る』

瑠偉さんの声が固いように聞こえる。

電話の相手はリリアンさん……？

スマートフォンの通話を切った瑠偉さんはソファへ放った。

「ここに泊まるんですか？」

「ああ。濡れた服を着たくないし、今日はここで夏妃とゆっくりしたい。まずは服を乾かそう」

瑠偉さんがソファから立ち上がり、着ていた服をキッチンのシンクで絞る。

「あ、私がやります」

こんなこと、使用人のいる彼はしたことがないだろう。

立ち上がろうとすると、全身が軋《きし》むように痛んだ。

「私がやるからそこにいるんだ。足首はなるべく休ませておいた方がいい」

「でも、私の服までやっていただくわけには……」

「そんなことは気にしないでいい。横になって足を休めるんだ」

瑠偉さんは部屋の隅にあったロープを端から端まで渡してピンと張ってから、私のところへ戻りクッションを頭の下に置いて寝心地良くしてくれる。

「ありがとうございます」

「すぐに終わるから」

彼は私の服もシンクへ持って行き絞っている。

そこでブラジャーも脱いでいたことを思い出して、羞恥心《しゅうち》に襲われる。今から自分でやるには遅い。

小さなカップのブラジャーだと思われたかも……。

寝返りをうとうとして体のこわばりと痛みで目が覚めた。

パチッと目を開けると、瑠偉さんの美麗な顔が近すぎる距離で目の前にあってびっくりする。

「あ……私、寝ちゃって……」

「ああ。寝顔も可愛かった」

瑠偉さんの甘い言葉に、かぁっと顔に熱が集まってくる。

「どのくらい寝ていましたか？」

「二時間くらいだ」

「まさか、その間ずっと見ていたわけじゃないですよね？」

「そのまさかだ。夏妃の寝顔は見ていて飽《あ》きない」

「ええっ？」

「と言うのは冗談だ。私も少し前まで眠っていた」

ホッと安堵して、微笑《ほほえ》みを浮かべる。

私たちふたりの上に別の毛布が掛けられており、瑠偉さんは肘をついて頭を起こしている。

「目が覚めるとき、顔をしかめていたが、ひどく痛む？」

「実は落馬だけじゃなくて、筋肉痛で体が痛くなったみたいです」

日頃の運動不足を痛感する。

「そうか、かわいそうに。ひたすら体を休めるしかないな。おなかも空いただろう。ベイクドビーンズの缶詰とクラッカーがあったから、それで夕食にしよう」

「色々なものが揃っているし、部屋は清潔でお掃除をしたばかりみたいに見えますが、頻繁に使われているのでしょうか？」

「普段は使っていないだろう。リリアンの夫は釣りが趣味で泊まっていたようだ。ホーストレッキングがあるときは万が一の場合を考え、前もって使用人にここを使えるようにしていると以前言っていた」

念のために準備をしてくれて良かった。

「用意して来るから、まだ横になっているように」

そう言って瑠偉さんは私から離れ、キッチンへ歩を進める。

もぞもぞと痛む体を動かして、なんとか上体を起こした。そこで黒毛の馬がいないことに気づく。

「馬は？」

「雨が止んだし外に出した」

小屋の中では馬にとってストレスになるのかもしれない。

少しして瑠偉さんは舌が火傷《やけど》しそうなほど熱いベイクドビーンズのお皿と、クラッカー、ビールの缶を二本持って、それらが乗ったトレイをラグの上に置いた。

「わぁ、おいしそうです」

「食べよう」

ビール缶のプルトップを開けて渡してくれる。

「いただきます」

瑠偉さんのビール缶とコツンと合わせて、ひと口飲んだ。

薄暗い部屋で暖炉の薪が燃えていると、クリスマスのような雰囲気で特別な夜みたいに思える。

彼はゴクゴクとビールを喉に流し、クラッカーをつまむ。

ベイクドビーンズは缶だと言っていたけれど、おなかが空いているせいかとてもおいしく感じられた。

右足首だけ湿布を替えてくれ、これから就寝だ。

コンタクトレンズは使い捨てのソフトレンズだが、夜通しつけるのも目によくないので外した。

急に瑠偉さんの存在を意識してしまう。でも……。

先ほどの瑠偉さんの言葉を思い出す。

『可愛すぎてこの場で君を奪ってしまいたい。そう思っているのはたしかだ。だが、ここは愛し合うには相応《ふさわ》しい場所じゃない。自分に言い聞かせて理性を保っているんだ』

彼はこの考えを貫くだろう。

そんなことを考えているうちに、瑠偉さんが隣に体を横たえる。

「おいで。夏妃を感じさせて眠らせてくれ。そのはにかんだ顔もたまらないな」

私は体を倒して彼の伸ばした腕が首のあたりに収まる。そして瑠偉さんの方へ抱き寄せられる。

顔の至る所にキスを降らせ、とても幸せな気分に浸る。

とても甘い恋人……。

先のことなんて考えられない。今はこの幸福感を味わっていたい。


太陽が上がったばかりの六時三十分を回った頃、乾いた服を身に着けて、小屋へ来たときと同じように黒毛の馬の背に乗せられる。

背後に瑠偉さんが座り、バーネット館に向かった。

筋肉痛はまだあるが、ひどくはなっていない。

右足首はテーピングのおかげで、少し脚を引くくらいで歩けるようになったが、小屋から馬まで抱き上げられて運んでくれた。

幸せな気分で眠り、幸せな気分で目覚めた。

早朝の雨上がりの森は、草の匂いが強く鼻をくすぐる。

私の筋肉痛の体を考慮して、ゆっくり常足で四十分ほどかけてバーネット館に着いた。

直接バーネット館の玄関へ馬をつけ、外にいた庭師が手綱を引き受ける。

身軽に馬から下りた瑠偉さんは、私を馬上から抱き上げると室内へ進む。

早朝に戻ると電話で話していたので、リリアンさんが玄関ホールに現れた。

『まあ、ナツキ！　大丈夫なの？』

嘘をついたリリアンさんはあくまでもポーカーフェイスで、私たちに近づく。

返事ができないでいる私の代わりに、瑠偉さんが口を開く。

『先にシャワーを使ってくる』

『え、ええ。そうよね。どうぞ入ってらして。朝食を用意しておくわ』

そっけない瑠偉さんは、動揺している様子のリリアンさんをその場に残し、私を連れて階下へ向かう。

部屋の前で私を下ろし、ドアを開ける。

「シャワーはひとりで大丈夫か？　手伝おうか？」

そう言って、ニヤリと魅力的に瑠偉さんは笑う。

「ま、また冗談を言うんだから。もちろん大丈夫です」

歩けないことはないし、湿布とテーピングで少し楽になっている。

「夏妃、帰り支度をしておいて」

「わかりました」

瑠偉さんは軽く私の唇にキスを落として部屋の中へ進ませた。

背後でドアが閉まり、ゆっくり室内を歩く。

クローゼットに掛けていたピンクグレージュのAラインのワンピースをベッドの上に置き、下着を持ってシャワールームで服を脱いだ。

それから湿布をすべて外す。

「うわ……ひどい色」

体のあちこちが紫色になっているが、特に右腕と太腿の色がひどい。

服で隠れるから目立つことはないだろうとホッとする。

頭から温かいシャワーを当てて、気持ち良さにため息が漏れる。

全身を丁寧に洗ってシャワールームを出ると、三十分以上が経っていた。

髪をドライヤーで乾かしコンタクトレンズを目に入れ、スキンケアだけをして室内へ行く。

下着を身に着けるのも、筋肉痛で一苦労だ。

ようやくピンクグレージュのボートネックワンピースを着て、キャリーケースに荷物を詰め、部屋を出る。

瑠偉さんの部屋へゆっくりした足取りで向かい、ノックをするが返事がない。

先に下へ行ったのかな。

手すりを使い階段を慎重に下りる。

玄関ホールから広間へ近づいたとき、中から瑠偉さんの声が聞こえてきた。

観音開きの扉は開いており、入ってはいけない雰囲気を感じて躊躇する。

『バーネット館の女主人として恥ずべき行為だと思わないのか？』

『私はあなたを彼女にとられるのが嫌だったのよ』

リリアンさんの悲痛な声がする。

立ち聞きをするのも申し訳ない気がするが、扉のそばに立ったまま動けない。

『私は君を兄妹のようにしか思えない。昔からそうだ』

『ルイ、私はあなたを愛しているの。誰もが私を欲しいと愛の言葉を紡ぐの。今もそうよ。でも、最高の私には極上のあなたしか似合わない』

早口の英語なので私なりの解釈をすると、胸が痛くなった。

愛している人に振り向いてもらえないのは、つらいだろう。

『君には欲望のかけらも感じない』

瑠偉さんはきっぱり言い切る。

『それなら彼女には感じるの？　魅力的だとは到底思えないわ』

『ナツキは充分魅力的だ。私の心に新しい風を入れてくれたんだ。彼女と一緒にいると思春期の頃に戻ったように気持ちが浮き立つ』

『そんなのは今だけよ！』

その言葉は私の胸にグサッと突き刺さる。

今だけ……。

そうだとしても、私は瑠偉さんを愛している。

まだ相思相愛になったばかりなのだ。純粋にこの恋を楽しみたい。

いつか別れるときがきたとしても後悔のないように。

『リリアン、君はナツキを死なせていたかもしれないんだぞ？　この私も。事の重大さを理解するんだな。そして反省をするんだ。朝食はいらない。これで失礼させてもらう』

『ルイっ！　こんな風に行かないで！　私が悪かったわ。ちょっとしたいたずらだったの』

『ちょっとしたいたずら？　君は十代の頃から変わっていない。謝るのならナツキにだ』

ふいに瑠偉さんの足音がこちらに近づいてくる。

私がいたことは承知していたのだろう。

チャコールグレーのスーツにアスコットタイを合わせ、一分の隙のない洗練された姿だ。

「夏妃。おいで。足は大丈夫か？」

先ほどまで怒りを秘めていた声に聞こえていたのだが、私に向ける声色は柔らかく、私を見下ろして小さく微笑む。

「はい……」

「私の腕を支えにしてくれ」

彼の腕に手を置き、ゆっくりリリアンさんの元へ進む。

『さあ、リリアン。大人ならきちんと謝罪するべきだ』

促された彼女の瞳は潤んでいた。

『……ナツキ、嘘をついて申し訳なかったわ。ルイに大事にされているあなたに意地悪をしたくなったの。でも、雷が近づいてきたときは本当に心配したのよ？　無事で良かったわ。許してくれる……？』

好きな男性が突然女性を連れてやって来たとしたら、そんな気持ちもわからなくないでもない。

瑠偉さんに散々言われたのだから、謝罪を受け入れようと思う。

怖かったけれど、小屋での一夜は思い出深いものになったのだから。

『はい……。リリアンさん、ごめんなさい』

その言葉しか出てこなかった。

『どうしてあなたが謝るの？　あなたに謝られると、私はもっと悪者になるわ……』

『リリアン、私とナツキはこれでわだかまりを残すことはない。だが、今日はこれで失礼する。ナツキをドクターに診せたいんでね』

『わかったわ。ルイ、また遊びにいらしてね』

彼女はしんみりとした表情で、瑠偉さんにハグをした。

七、夢のような至福のとき

ヘリコプターはブレイクリー城の敷地に着陸した。

時刻は九時になろうとしている。

高級ワゴン車の前に執事《バトラー》が待っており、ヘリコプターから私を抱き上げて近づく主《あるじ》に彼はうやうやしくお辞儀をする。

『おかえりなさいませ。旦那様、ミズ・ヒロセ』

『ただいま。ドクターは何時に来る？』

私は後部座席に下ろされ、瑠偉《るい》さんも隣に乗り込む。そしてすぐに瑠偉さんの腕が肩に回され長い指先が私の髪を弄《もてあそ》ぶ。

る、瑠偉さん……。

バトラーは助手席に座り、後部座席へ顔を向けてギョッと目を見開いた。

瑠偉さんが私の髪に触れているせいだろう。

恥ずかしくなって「瑠偉さん」と呟《つぶや》くと、楽しそうに笑って指が離された。

バトラーは表情を戻し、真面目《まじめ》な口調で話し出す。

『ドクターは間もなく到着することと思います。旦那様、先ほどミズ・オルコットがロンドンから到着しております』

『アニタが？　何も言っていなかったが……』

瑠偉さんは寝耳に水のようで、眉根を寄せる。

アニタさんって、秘書の……。

『長い間、こちらに滞在なので急な案件を確認してほしいとのことでした』

『わかった』

瑠偉さんは返事をして背もたれに体を預けた。

車はすぐにブレイクリー城の玄関の前につけられた。その音を聞きつけたのか、アッシュブラウンの髪でスタイルがモデル並みの美しい女性が現れた。

ロイヤルブルーのスーツに黒いヒールで、いかにも有能な秘書に見える。

年齢は私より少し上くらいかな……。

先に車外へ出た瑠偉さんは、私に手を差し出し車から降ろしてくれる。

『ロード・ブレイクリー。おかえりなさいませ。あの、こちらは……？』

〝ロード〟は貴族の敬称だ。

『日本から取材で城に滞在しているナツキだ。ナツキ、私の秘書のアニタ・オルコットだ』

『あ……まだいらっしゃったのですね。アニタ・オルコットです』

彼女は私の姿に動揺しているみたいに見える。

そんな彼女の様子に気づいているのかいないのか、瑠偉さんは腰を屈《かが》めて私を抱き上げようとした。

「る、瑠偉さんっ。歩けるので大丈夫です」

「つべこべ言わず、私に甘えるんだ」

有無を言わせずに抱き上げられて、サルーンへ連れて行かれソファに下ろされる。

お城の中は広いのでありがたいのだが、オルコットさんをはじめ使用人の目が気になってしまう。

オルコットさんは瑠偉さんの斜めうしろに立っている。

『アニタ、急な案件だと聞いたが?』

『はい。メイフェアのアディントン邸が競売にかけられる情報が入りましたので、戦略会議が必要ではないかと思いまして』

『アディントン邸か……。待っていた物件だな』

そこへバトラーがスーツ姿の恰幅の良い紳士を伴って現れる。

『旦那様、ドクターがいらっしゃいました』

瑠偉さんはドクターと挨拶《あいさつ》を交わし、ソファに座っている私を紹介する。

ドクターが私の右足首と打ち身を診察している間、離れたソファセットに瑠偉さんとオルコットさんが座り、仕事の話をしているようだ。

CTなど撮る必要もなくねんざと診断され、十日ほどで完治するようだ。

瑠偉さんが手当てしてくれたのと同じように、湿布とテーピングを巻いて診察が済んだ。

ドクターが立ち上がると、瑠偉さんが戻って来て、診察結果の報告を聞いている。

瑠偉さんに話し終えたドクターはバトラーに出口へ案内されて去って行った。

「十日か……なるべく安静にしていた方がいいな」

「そ……それは無理です。筋肉痛がなくなれば、ぴょんぴょん跳ねて移動できますし。仕事をしないと」

日本語で話す私たちをオルコットさんは首を傾《かし》げて見ている。

『さてと、おなかが空いているだろう。ブランチにしよう。アニタ、朝食は?』

英語に切り替え、瑠偉さんはオルコットさんに尋ねる。

『急いでロンドンを出たのでまだです。今日、泊まって明日帰ってもいいでしょうか？』

『そうしたいのならかまわない』

ドクターを見送ったバトラーが戻って来た。

『アニタの部屋を整えるようイヴリンに伝えてくれ』

『旦那様、いつもミズ・オルコットがお使いになる部屋はミズ・ヒロセが滞在しております が……』

『え？　あの部屋に？　いえ、失礼しました。私はどこの部屋でもかまいません』

思わずオルコットさんは驚いた声を上げたが、慌てて取り繕う。

あの部屋はオルコットさんが使っていたのは知っていた。私が来た当日、そう話していたから。彼女的には、まさか私が使用しているとは思ってもみなくて驚いたのだろう。

「夏妃《なつき》、ダイニングルームへ行こう」

ふたたび抱き上げられそうになって首を左右に大きく振る。

「い、いいえ。ひとりで」

「無理をすると全治十日が延びるぞ」

瑠偉さんは私をソファから抱き上げ、バトラーとオルコットさんに向き直る。

『ナツキの部屋を片付けてくれ。アニタはいつもの部屋を使っていい。彼女の荷物は私の部屋に』

「ええっ!?」

私、バトラー、オルコットさんの三人が同時に驚いたが、私は素っ頓狂《すとんきょう》な声を出して瑠偉さんを食い入るように見上げる。

「瑠偉さん、私……」

戸惑う私は日本語でポツリこぼす。

「夜、ゴーストに怯《おび》えて、ビクビクしなくて済むぞ?」

「それとこれとでは違います」

「私は夜も君と一緒にいたい。夏妃はそうじゃないのか?」

「わ、私もそうですが……」

使用人たちが私たちの関係を知ることになり、いささかバツが悪い。

「それならいいだろう? 大丈夫。完治するまで昨晩のように抱きしめて眠るだけだと約束する」

「……瑠偉さん」

『決まりだ。では、食事に行こう。アニタ、ダイニングルームへ』

上機嫌に日本語で言ってから英語に切り替えて、オルコットさんを促した。

「ふぅ～」

食事後、早々に図書室へ送ってもらい仕事を始めるが、頬杖《づえ》をついて考える。

三人での食事は、はたから見たら正妻と愛人くらいの冷ややかな空気が流れていたかもしれない。

リチャードソンさん夫妻は、オルコットさんが村で瑠偉さんの恋人だと暗にほのめかしていたと言っていたから。

でも、本当にそうだとしたら、瑠偉さんは堂々と私に夢中になっている素振《そぶ》りなんて見せないだろう。

リリアンさんに続いてオルコットさんか……。

彼の周りは美女ばかり。

瑠偉さんのルックス、地位、財力があれば、どんな女性も惹《ひ》かれるのは間違いない。

私は……？

もちろん最初は冷たい印象の瑠偉さんの容姿に圧倒された。

だけど、すぐにカリスマ性、頭の回転の速さに尊敬の念を抱いた。

瑠偉さんを知るうちに、優しさと時々見せるユーモアを知るようになって、そして美麗な姿をずっと見ていたい気持ちに駆られた。

瑠偉さんと話をするたびに高鳴る心臓は、恋だった。

だけど、この恋は叶《かな》わない。

そう思っていたのに……。

完璧で極上の瑠偉さんが平凡な私を愛しているなんて、青天の霹靂《へきれき》だった。

この数日で目まぐるしく変わった私と瑠偉さんの関係に息が切れそうだ。

「仕事しなきゃ。集中、集中」

しばらく仕事していると、ふいに足音が聞こえてビクッと振り返る。

いつの間にかオルコットさんがうしろにいて、心臓が止まるかと思ったくらい驚いた。

『いつから……』

彼女の無表情な顔に背筋が寒くなる。

彼女は私の隣の椅子《いす》を引いて、優雅に腰を下ろすと脚を組む。

『のこのこと日本からはるばるやって来て、ロード・ブレイクリーを誘惑するなんて、すごい女ね』

たしかに、のこのこやって来たのは否定できない。

『メッセージを何度も断られたのでやって来ましたが、彼を誘惑したわけじゃありません』

『だから日本人を合わせたくなかったのよ』

『え……？』

『ロード・ブレイクリーのお母様は日本人なのは知っているわよね？　早くに亡くされたから、日本人のあなたに親しみを感じ、あなたに母親を見ているんじゃないかしら？』

オルコットさんの話が理解できない。

『マザーコンプレックスって言っているんでしょうか？』

『違うわよ。愛していた母親と同国の日本人だから、興味が湧いたのではないかと言っているの。今はちやほやしてもらっているかもしれないけれど、すぐに捨てられるわよ』

グリーンの瞳が私をバカにしたように見ている。

『……捨てられたとしてもかまいません。私も彼を愛しています。愛し合った結果、別れることになったとしたら、私が彼を繋ぎとめるだけの魅力がなかったから。あな

に噛《か》む。

ブランチ後、落ちてしまったリップを塗り直したのだろう。赤い下唇を悔しそうに噛《か》む。

『卑《いや》しい女ね！』

オルコットさんは苛立《いらだ》たしそうに肩を怒らせて立ち上がり、踵《きびす》を返して図書室を出て行った。

びっくりした……。

瑠偉さんの前では冷静沈着で有能な秘書なのだろう。食事中もそう見えた。あんなに激情を向けられるとは思ってもみなかった。

私も売り言葉に買い言葉だったな……。

でも、日本人だから瑠偉さんの興味を引いたのは間違いないだろう。

その日の三人での夕食は、ブランチのときと同じように息苦しさを感じた。

オルコットさんは私がまったくわからない仕事の話をし、瑠偉さんが『食事中はその話は止めよう』と言っても、『明日に帰るのでしっかり打ち合わせはしておきませんと』とにっこり笑う。

瑠偉さんは私に「仕事の話になってすまない」と、やんわりと謝る。

それ以外でもオルコットさんは何気なく会話の主導権を渡さなかった。

彼女の気持ちに瑠偉さんは気づいていないの？

それともわざと知らんぷり？

さっきの図書室での会話でも、オルコットさんは自身を瑠偉さんの恋人だと言わなかった。私から瑠偉さんに話されたら困るからかもしれない。

だから、ふたりの関係が単なる上司と部下なのだと確信した。


食事が終わり、私は例のごとく瑠偉さんにお姫さま抱っこをされて彼の部屋へ連れてこられた。

私のキャリーケースは部屋の隅に置かれている。

「少し仕事をしてくる。その間にバスルームを使うといい。ひとりで大丈夫か？」

「もちろんです。先にバスルーム使わせていただきますね」

瑠偉さんは麗《うるわ》しく微笑み、唇にキスを落として出て行った。

はぁ……。外国人って、頻繁にキスするのね……。

二十七歳のそれなりに社会経験を積んだ大人なので、過去に恋人はいたことがある。

大学生の頃から三人と交際した。

体の関係はひとりだけ。ふたりとは自然消滅で、唯一体を許した彼は浮気が発覚して別れたのだ。

二十四歳から半年間交際をしていたが、私が海外旅行から帰国してその足で彼のマンションへ行くと見知らぬ女性とベッドで寝ていたのだ。

その彼とも片手で足りるほどの経験しかしていない。

それからは仕事やさらに古城に夢中になって、恋人いない歴三年になる。

何よりもキスの回数は、すでに浮気男とのキスを上回っているのではないかと思われるほどだ。

まあ、それは言い過ぎだけれど、あと数日以内にはそうなると思う。

キャリーケースを転がし、豪華な絨毯の上に倒して広げる。

ベッドはひとつしかない。

昨日もピッタリと寄り添って眠ったし、同じベッドを使うことにも異議はない。

昨晩は筋肉痛と打ち身、ねんざの痛みが勝って瑠偉さんを意識したもののすぐに眠れたが、今夜はロマンティックな天蓋《てんがい》付きベッドだ。

すんなり就眠できるかどうか……。

想像しただけでも心臓がドキドキしてくる。早くバスルームを使おう。瑠偉さんが戻って来てしまう。

着替えや部屋着を持って、バスルームへ右足をかばいながら歩を進める。

湿布やテーピングを外してバスルームのドアを開けた瞬間、その広さに驚いて立ち止まる。

古代ローマの大浴場のような雰囲気《ふんいき》だった。

大人が四人はゆったりと入れるバスタブは正方形で、美しいタイルが貼られている。金の湯口からお湯がちょろちょろ出ており、湯船がたっぷり入っていた。

ガラスで仕切られたシャワールームもある。

俯《うつむ》いて右足首を見下ろす。

「二、三日したら、温めてもいいってドクターが言っていたから、まだ湯船は早いか……」

残念だけど……と、独り言ちて、シャワールームを使わせてもらった。

シャワーを済ませ、部屋着などの身支度を終わらせ、テーピングを巻こうとソファに座ったとき、瑠偉さんが戻って来た。

「私がやろう。貸して」

隣に腰を掛けた彼は私の足をソファに置き、慣れた手付きでテーピングを巻いていく。

「ありがとうございます」

「礼はキスがいい」

戸惑う私の顔を覗《のぞ》き込んでくる。

エキゾチックな瞳と目が合い、瑠偉さんは不敵な笑みを向けてくる。

「……私にはハードルが高すぎます」

考えたら、過去にも自分からキスをしたことがなかった気がする。要は恋愛ベタなのだ。

特に、圧倒される美麗な容姿の瑠偉さんに対しては、自分から唇に触れる大胆さは持ち合わせていない。

ふいに首のうしろに手を回した彼に引き寄せられ、彼の唇が私の耳元に触れる。

「わかっている。だから言っているんだ。夏妃からキスして」

甘い声が耳朶をくすぐり、気持ちを奮い立たせて形のいい瑠偉さんの唇にかすめるように唇を触れさせた。

「そんなキスで私が満足するとでも？」

「キ、キスには変わりありません」

瑠偉さんは楽しそうに口元を緩ませ私の後頭部へ手を当てると、今度は彼から唇を重ね合わせた。

「んんっ……」

最初は軽く唇を重ねていたキスは、しだいに舌を絡め、私の口腔内を余すところなく舐《ねぶ》る。瑠偉さんのキスは気持ち良くて、体の奥がジンと痺れて体の力が抜けていく。

「これ以上、夏妃を味わうとその先に進みたくなる。シャワーで冷やしてくるよ」

瑠偉さんはおでこに唇を落として私から離れ、バスルームへ消えて行った。

彼がいなくなったあとも、暴れる鼓動はなかなか止まらなかった。

気を紛らわせるために、今日一日開かなかったスマートフォンをバッグから出して、何かメッセージが入っていないか確認する。

編集者の関口《せきぐち》さんから入っていた。

【お疲れ様です。取材は進んでいますか？　いつ頃の帰国予定かを知りたくてメッセージを送りました】

帰国予定……か……。

でも、原稿提出日は十月三十一日。なぜ帰国日を知りたいの？

関口さんのメッセージは解せないが、これからのことを考える。

仕事は順調だ。とはいえ、この三日間は仕事ができなかったので、余裕を持って見積もっても九月末にここを離れ、他の古城の最新の情報を仕入れるために一週間くらい。そうなると、十月八日には帰国する……。

本当に今月の終わりに、瑠偉さんから離れられるの……？

ここを……瑠偉さんのそばを離れたくない。

そうは思うけれど、私は仕事をしなくては生活ができないのだ。

会社員だった頃よりも生活水準を下げてまでも書籍を出すという夢がある。そのために会社を辞めたんだから。

帰国してしまったら、瑠偉さんはすぐにロンドンへ戻って日常生活を送り、ここでの出来事は過去のものになる。

始まったばかりの恋は、二週間であっけなく終わるのだ。

そう考えると、胸がズキンと痛み、じんわりと目頭が熱くなってくる。

スマートフォンのメッセージを打つ指先が震える。

【広瀬《ひろせ》です。今月末にブレイクリー城を離れ、いくつかの古城を取材して帰国します。よろしくお願いいたします】

関口さんにメッセージを送って一分もしないうちに、黒のサテン地のパジャマを着た瑠偉さんが現れた。

「まだ寝る時間には少し早いな。何か飲むか？」

「軽めのものがあれば……」

「ピンクストロベリーのリキュールがある。氷と炭酸水で割れば飲みやすいだろう」

「いちごのお酒、おいしそうですね」

瑠偉さんはカウンターバーへ行き、スコッチのロックと薄いピンク色のシュワシュワ感のあるグラスを持って戻って来た。

隣に座った瑠偉さんと乾杯して、ひと口飲んでみる。

いちごの甘い香りのグラスをひと口喉に通してみると、多めの炭酸水でちょうどよく飲みやすい。

「おいしいです。でも、この飲み物は瑠偉さんには似合わないですね」

「なぜここにそんなリキュールがあるのか知りたいか？」

「し、知りたくないです」

以前の恋人のために用意していたとしたら、この素敵な雰囲気が台無しになる。

瑠偉さんは楽しそうに喉の奥で笑う。

「さっきイヴリンに用意してもらったんだ。この部屋に入った女性は夏妃だけだ」

「私だけ……？」

「ああ。君だけだ。私は完全に君に心を許している」

瑠偉さんは顔を傾けて、ポカンと開けている唇を塞《ふさ》ぎ離れる。

「いちごの香りのキスだな。癖になりそうだ」

彼は楽しそうに口元を緩ませると、もう一度キスをした。

「ところで、アニタから何か言われなかったか？」

「オルコットさんから？　いいえ。何も」

図書室での話はする必要はない。

彼女も瑠偉さんに話さないだろう。

「それならいいが。彼女は私に寄ってくる女性を排除しようと必死になるときがあるんだ。秘書としてだが」

「オルコットさんが瑠偉さんに近づく女性を牽制《けんせい》してくれたおかげで、私たちは知り合えたんですね」

「そうだな。秘書としては優秀なんだが」

その言葉は、オルコットさんが自分に気持ちがあることがわかっているように聞こえた。

話題を変えよう。

「……こうしていると、昨日のことが夢見たいです」

「そうだな。夏妃を見つけるまでは生きた心地はしなかったが、あんな風に暖炉の前で眠った経験はなかった。夏妃、ねんざが完治したら数日間旅行へ行かないか？」

「旅行って、どこへ？」

「君が行きたいところへ連れて行くよ。日数的にそれほど休みを取れないから、ヨーロッパ圏のどこかへ行こう」

思ってもみなかった計画に当惑する。

「でも、仕事が。それにお金も」

「この三日間を除いて休んでいないだろう？　それに、私が夏妃に旅費を出させるとでも思っているのか？　君は私のそばにいて、ただ楽しんでくれるだけでいい」

いずれは瑠偉さんから離れて帰国しなくてはならないのだ。

瑠偉さんとの思い出がたくさん欲しい。

「はいっ、私も瑠偉さんと旅行へ行きたいです」

「決まりだな。明後日くらいまでに行きたいところを決めておいてくれ」

持った私のグラスを重ね合わせた瑠偉さんは、琥珀色のスコッチを喉に通した。

「それと、月曜にロンドンへ行ってくる。夜までには戻ってくるが、不安なら一緒に行かないか？」

「いいえ。大丈夫です。ここで仕事をしています」

旅行へ行くとなれば、ロンドンへついて行く時間がもったいない。

「わかった。さて、それを飲み終わったらベッドへ連れて行く」

うわ……ドキドキしちゃう。

「大丈夫。昨晩のように品行方正になると誓うから」

おどけたように言った彼は、右手を顔の横に挙げて誓いのポーズをする。

私が眠りやすいように気遣ってくれている瑠偉さんに、今すぐキスしたい思いに駆られた。

「もちろん信用しています」

にっこり笑って、持っていたグラスをテーブルの上に置く。

それからすぐにベッドに運ばれ、広々としたシーツの上に静かに下ろされる。

心臓は否《いや》が応でも暴れてくる。早鐘のように打つ鼓動を気にしないようにして横になると、瑠偉さんも体を滑り込ませ昨晩のように抱きしめられる。

どうかこの胸の高鳴りが聞こえませんように。

「おやすみ」

「おやすみなさい」

おでこにキスが落とされ、そして唇を優しく重ねた。

翌日、オルコットさんはロンドンへ戻り、そして月曜日の早朝、瑠偉さんも運転手付きの車でロンドンへ出掛けて行った。

ねんざは徐々に良くなっており、それほど不自由さを感じなくなっていた。

それでも図書室へ行かずにここで仕事をしたらいいと、瑠偉さんに言われて彼の部屋で作業をしている。

ランチも運んでもらえ、至れり尽くせりで申し訳ない気持ちだ。

瑠偉さんの部屋に寝泊まりしているのに、ふたりきりになってもイヴリンは何も言わない。聞かれたくはないが。

ブレイクリー城の主のすることには、口を出さないように躾《しつけ》けられているのだろう。

ランチのあと、インターネットでヨーロッパ圏の観光地を開く。

瑠偉さんと旅行……。どこがいいんだろう……。

全面的に任せられると、色々考えてしまってなかなか決まらない。

私の旅行先は古城のある国ばかりだったから、訪れたことがなくて純粋に景色の良いところがいいかな。

あ！　ここ綺麗。

私の目を引いたのはスイスのマッターホルンの景色の写真だった。

瑠偉さんが戻って来たら、ここでいいか聞いてみよう。

夕方、バルコニーからイングリッシュガーデンを眺《なが》めていると、ヘリコプターが近づいてくるのが見えた。

あれは瑠偉さんのヘリコプター？

だんだん近づくにつれて、ロイヤルブルーに白のラインが見えてきて瑠偉さんが乗っているのだと確信した。

十五分後、一分の隙のない紺のスーツ姿の瑠偉さんが部屋に現れた。

仕事をしていたアンティークテーブルの椅子から立って出迎える。

「おかえりなさい。バルコニーから偶然ヘリコプターを見ていたんですよ。お戻りが早かったですね」

「移動時間がもったいなくて、ヘリで戻ることにしたんだ」

瑠偉さんに抱きしめられたと思ったら、縦抱きに持ち上げられる。

「きゃっ」

慌ててギュッと彼の首にしがみつく。私の頭は彼の頭より高い。

「お、下ろしてください」

いたずらっ子みたいな笑みを向けられ、胸がキュンとなる。

静かに床に下ろされてから唇が塞がれた。

「ようやく夏妃に触れられた。着替えたら心置きなく夕食まで仕事をしてくるよ」

「はい。私もそうします」

瑠偉さんは私から離れ、続きの衣裳部屋へ消えた。

それから二日が経ち、ねんざした右足首はまだ紫色と黄色が所々交ざった色をしているが、腫れも引いて歩いてもほとんど痛みを感じなくなった。

瑠偉さんが私に選ぶように言った旅行先は、スイスに決定した。

彼は幼い頃からスキーをしにスイスを訪れていたらしく、それなら別のところを探すと言うと、「夏妃と一緒ならば、見る景色はまた違って見えるだろう」と変更されなかった。

瑠偉さんなら少なくともヨーロッパ圏であれば訪れていない国はないと思う。

朝食後、瑠偉さんは書斎へ、私は図書室で今まで撮り溜めた写真を確認している。

「う～ん、サルーンの写真のアングルが良くないかな」

一眼レフカメラを首から提げて、図書室を離れた。

サルーンへ足を運び、フレスコ画や調度品の配置をいかに美しく見やすい位置で撮れるようにあちこちの角度からシャッターを切っていると、瑠偉さんがやって来た。

「夏妃、今、大丈夫か？　外へ出てもらいたいんだが」

「外へ？」

企んだ笑みの瑠偉さんに首を傾《かし》げ、手を引かれるままに玄関ホールを通り過ぎ外へ出た。

そこには数人の作業服を着た男性がいて、小さな機械を持っていた。

「これは？」

「航空写真があったらいいなと言っていただろう？　ドローンチームを呼んでこれから撮影してもらう」

私の言葉を覚えていてくれたんだ……。

うれしい――が、現実的になる。

「でも、経費が……」

「私も航空写真を残しておきたいんだ。だから、気にする必要はない」

「瑠偉さん、ありがとうございます。これでもっと素敵《すてき》な書籍になります」

何から何まで考えてくれる瑠偉さんに申し訳ない気持ちでいっぱいだが、素直に喜んだ方が彼はうれしいはずだと考えて微笑んだ。

「夏妃が作り上げた本は私の宝物になるのは確実だ」

宝物……瑠偉さんの期待に応えられるよう、これからの作業も勤しまなければ。

彼はスタッフに指示し、手のひらよりも少し大きいドローンが宙を上がり始める。

今日は雲ひとつない晴天なので、眩しさに目を細めながらドローンが飛び立つのを眺める。

男性スタッフが持つタブレットに、ヘリコプターから見たときと同じ壮大な景色が映っている。現在は城の全景が見え、私たちは映り込まないように死角に隠れる。

そしてドローンはさらに高度を上げ、湖や近辺の森、牧草地などがタブレットに映し出された。かなりの高さから映している。

高性能のカメラを搭載したドローンの画像はとても綺麗で、書籍の見開きページを使って、美しいブレイクリー城と景色を必ず載せることを誓った。

ドローンで撮影したデータを受け取り、図書室へ戻ってパソコンで確認していると、瑠偉さんが古めかしい箱を持って近づいてくる。

「瑠偉さん、素敵な写真をありがとうございます。最高の写真がたくさんでどれを選べばいいのか困るくらいです。あ、この斜めから撮った城壁から覗く尖塔も絵になっていますよね」

ノートパソコンの画面を指差すと、彼は顔を私に近づけながら写真を見る。

「そうだな。選ぶのが大変そうだ」

そう言って隣の椅子に座った彼は目じりを下げる。

「夏妃が喜ぶ顔を見るのが好きなんだ。君の笑顔をずっと見ていられるのならどんなことでも厭《いと》わない」

「瑠偉さん……」

本当に彼は恋人に甘い。

こんな風に言葉で私を有頂天《うちょうてん》にさせてくれる人は今までいなかった。

「そうだ。これを見てくれないか」

彼は古めかしい箱を開けた。中に白黒の写真がたくさん入っている。その中から一枚を取って私に見せてくれる。

白黒のブレイクリー城が上空から撮られた写真だった。アングルなどは完璧ではないが、周辺は森ばかりで時代を感じさせる一枚だ。

「この写真は、七十年ほど前のものだ」

「その頃に飛行機から撮ったんですね。すごいです」

「使いたいのならネガがある」

「いいんですか？　ぜひ使いたいです。ありがとうございます」

瑠偉さんの協力に感謝して、良いものになるように頑張ろう。

八、甘美なスイス旅行

ドローン撮影から四日が経ち、ねんざは完治した。内出血のあともだいぶ黄色くなっている。腕も太腿も同じ感じだ。

今朝は目を覚ましたときから気持ちが浮き立っている。これから二泊三日のスイス旅行に出発するからだ。

ロンドン・ガトウィック空港までは車で向かい、そこからスイスのジュネーブ空港へ飛ぶ予定になっている。

飛行時間は二時間もかからないので、日本の国内線みたいに近く思える。

ブレイクリー城へ来るときは電車を乗り継がなくてはならず、ちゃんと乗り換えられるか心配をしながらだったので、ノンストップで走る車は気持ちもゆったりだ。

「ヘリじゃなくて良かったのか?」

隣に座る瑠偉《るい》さんは、車窓から景色を見ている私に尋ねる。手は後部座席に乗り込んだときから繋がれていた。

「はい。もちろんです。こういった時間もこうして楽しめるじゃないですか」

〝こうして〟というところで、繋がれた手を持ち上げる。

「そうだな」

瑠偉さんは持ち上げた手を自分の方へ引き、私の手の甲に軽くキスを落とす。

一緒のベッドを使うようになってから、今の関係はキス止まりだ。

足が治るまで待つと言っていたのをきっちり守って、瑠偉さんは私を抱きしめながら眠った。

瑠偉さんの体温を感じて眠る生活に慣れてしまって、この先どうなるのか不安もある。

「そろそろ空港に着くよ」

「まだ四十分ほどしか経っていないのに？　ガトウィック空港へ行くのでは……？」

ブレイクリー城からロンドンまでは車で二時間以上かかる。ガトウィック空港へはまだまだ遠いはずなのだが……。

瑠偉さんに「ガトウィック空港からですよね？」と聞いたとき、たしかに頷《うなず》いていた。

「プライベートジェット専用のエアポートだ」

「え!?　プ、プライベートジェット？」

驚きすぎて開いた口が塞《ふさ》がらない。

「そんな顔も可愛いな」

さっとかすめるようなキスをしてから車から降りる。

彼は私を驚かせるために、適当に相槌《あいづち》を打っていたのだ。

瑠偉さんの意図がわかって苦笑いを浮かべながら車外へ出た。

トランクのとそばで運転手と話をしていた彼に手を引かれて建物の中へ入り、出国手続きをする。

まさかプライベートジェットで旅行するとは思ってもみなかった。

キャリーケースを運んだ運転手は車へ戻って行った。


九時に発ったプライベートジェットは、十一時前にスイスのシオン空港のプライベートジェット専用滑走路に着陸した。

プライベートジェットは噂《うわさ》には聞いていたが、まるで高級ホテルのようだった。

驚くほどラグジュアリーで、美しいキャビンアテンダントがスパークリングワインとキャビアの載ったフィンガーフードを振る舞い、ベッドにもなるという椅子《いす》のクッションは体を包み込むような座り心地で最高だ。

入国審査を終え、瑠偉さんについて行く。

「こんな贅沢《ぜいたく》な旅行は初めてです。まさかプライベートジェットだなんて。友達に話したら、きっとうらやましがると思います」

「夏妃《なつき》を驚かせたかったんだ。これから車でツェルマットへ行く」

外へ出ると、イギリスより気温は低く、ひんやりした空気が頬に当たる。

私はバーネット館へ行くときに着ていたベージュのテーラードカラーのワンピースと、あのときは出番のなかったライトブルーのコートを羽織っている。

瑠偉さんは紺のカジュアルなジャケットに、その下は白のワッフル地の薄手のセーター、パンツはテーパードシルエットのスリムなグレーのスラックスを穿いていて、ラフな服装だけどその姿は貴公子そのもの。気品しか感じられない。

待っていた黒塗りの高級車の後部座席に並んで座り、空港を出発した。

「瑠偉さん、あそこに見えるのはお城ですよね？」

葡萄畑の向こうにある建物を指差して尋ねる。

「ああ。近くまで行ってみたい？」

そう尋ねられ、外観だけでも観てみたい気持ちに駆られたが、今回の旅行は古城めぐりに来ているのではない。

瑠偉さんと壮大な山や自然を眺《なが》めながらゆっくりする予定なのだ。

「いいえ。まっすぐ宿泊ホテルまで行きましょう」

「いいのか？」

「はい。今はブレイクリー城だけで頭がいっぱいですから」

瑠偉さんは私の気持ちを理解している様子で、指と指を絡ませギュッと握った。

車窓から見える町並みは可愛らしい。山々も見える。

途中で車から鉄道に乗り換え、目的地のツェルマットへ向かった。

ツェルマットに到着したのは十四時近かった。

キャリーケースを引きながら駅を出ると、まるで絵葉書のような町並みが目に飛び込んできた。

「ホテルまではすぐだが車を呼ぼうか？　ツェルマット市街地は自治体の条例で電気自動車しか走れない決まりになっているんだ。あとは馬車だけだ」

「環境への配慮なんですね。車よりも歩いて行きたいです」

「夏妃ならそう言うと思った。キャリーケースを貸して」

「大丈夫です。瑠偉さんがふたつも持ったら通行の邪魔になると思います」

差し出された手をキャリーケースではなく、指を差し入れて握る。

「これでいいです」

微笑《ほほえ》みを浮かべると、瑠偉さんも麗《うるわ》しい笑みを向けてくる。

この時がずっと続けばいいのに……。

どの建物もバルコニーからプランターが掛けられ花が咲いている。

「空港のあった町も可愛いと思いましたが、ここはもっとメルヘンチックで、写真をたくさん撮りたくなりますね」

「ホテルから一歩も出したくないが、いちおう観光も入れている」

瑠偉さんの言葉に顔に熱が集まってくる。

「……観光を楽しみにしています」

瑠偉さんは突として立ち止まり、私の顔を覗《のぞ》き込む。

「君は本当にわかりやすい。大人の女性なのに、少女のようだ。早く夏妃を私のものにしたい」

心臓がドクンと跳ねる。

それから思わず周りを見回す。私たちの会話は日本語だけれど、近くに日本人の観光客がいて聞かれでもしたら恥ずかしすぎる。

幸い周囲に東洋人は見当たらずホッと安堵した。

観光客でにぎわっている通りでは、赤いベストに黒いズボン姿の男性四人がアルペンホルンの合奏をしている。

数分後、老舗ホテルの雰囲気《ふんいき》のある美しいホテルに到着した。

ホテルのエントランスで、ベルボーイに私たちのキャリーケースが引き取られる。

温かみのあるロビーの一画にあるカウンターへベルボーイに案内される。瑠偉さんの姿を見ただけでフロントの女性は頭を下げ、黒いスーツを身に着けた銀髪の初老紳士が近づいてくる。

『ブレイクリー子爵、本日はありがとうございます。駅から歩いてこられたのですか。車を向かわせようと、ご連絡をいただくのを待っていたところです』

丁寧な物腰の銀髪の男性の胸のプレートには〝General manager〟とあり、総支配人のようだ。

『久しぶりの町を歩くのもいいものです』

『はぁ……恐れ入ります。それではお部屋へご案内させていただきます』

フロントからカードキーを受け取った総支配人は、自ら部屋へ案内してくれるようだ。

エレベーターに乗って、総支配人は控えめに『お父上はお元気でいらっしゃいますか?』と尋ね、瑠偉さんは『元気であちこち飛び回っています』と答えていた。

六階建ての最上階で降り廊下を進んで、総支配人が部屋のドアを開ける。

『こちらのお部屋になります。すぐにウェルカムドリンクとお食事をお持ちいたしますので、お待ちください』

うやうやしく頭を下げて総支配人は立ち去る。

「瑠偉さん、来てください！」

うずうずしていた私は彼の手を握って、大きな窓に近づき勢いよく開けた。

バルコニーの手すりに近づき、そこから三角錐の頂《いただき》を持つマッターホルンを眺める。

雲がプカプカ浮かぶ青い空にマッターホルンの山頂の雪、下へ視線を落とすと手前の小高い山の緑、この景色はずっと眺めていても飽きないだろう。

「すごい景色、こんなに近くに見えるなんて感動です」

青い空にくっきりとそびえ立っている名峰マッターホルンは、長年登山家や観光客を魅了してきた。

「感動か……これからも色々な景色を見せたい」

瑠偉さんは背後から私に腕を回して抱きしめ、彼の唇がこめかみに触れる。

腕の中で向きを変えて瑠偉さんを見上げる。

「瑠偉さん、感謝しかありません。私にはもったいないくらいの旅行をありがとうございます」

「なぜそうやって自分を卑下《ひげ》するんだ？　夏妃は誰からも愛される素敵《すてき》な女性だ。もっと自信を持ってほしい。そんな奥ゆかしいところにも惹《ひ》かれたんだが。夏妃、以前言っただろう？　礼を言うなら？」

キスを……だった。

背伸びをして形のいい唇にそっと口づけてから離れようとするが、今度は瑠偉さんの方から甘くキスを落とした。

そこへチャイムが鳴って、瑠偉さんは名残惜しそうに唇を軽く食《は》んで歯止めをかけた。

一緒に部屋に戻り瑠偉さんはドアへ向かう。

総支配人と共にホテルスタッフがワゴンを押し、マホガニー材の四人掛けのテーブルにアイスクーラーに入ったスパークリングワインや料理、グラスやカトラリーを並べていく。

十五時近い遅めのランチだ。

英国貴族のブレイクリー子爵への対応に不備があってはならないと、総支配人がテーブルをチェックしている様子がうかがえた。

総支配人はテーブルから瑠偉さんに向き直る。

『それでは失礼いたします。ごゆっくりおくつろぎください』

ふたりは部屋から出て行った。

「昼食が遅くなったな。食べよう」

「はい」

私を席に着かせた彼は、立ったままスパークリングワインの栓を手慣れた動きで開ける。

ポンッと小気味いい音がスイートルームに響く。

入室してからラグジュアリーな部屋の一画にキングサイズベッドが鎮座しているのを目にしてからずっと心臓が暴れている。

グラスにスパークリングワインが注がれ、対面に着座した瑠偉さんがグラスを持ち、優雅な所作で持ち上げる。

私もグラスを持って同じく掲げて口にする。

「本根を言うと、今日の日を待ち焦《こ》がれていた。毎晩君を抱きしめて寝るのがつらかったよ」

彼は約束を守る誠実な人。

自分の欲望よりも私の体を優先に考えてくれ、最高に素敵な男性に出会えた縁に感謝している。

「ふふっ、瑠偉さんは聖人君子ですね」

「聖人君子？」

日本語が堪能な彼でも〝聖人君子〟はわからないみたいだ。

「最高の人格者を表す言葉です。すべてをスマートにコントロールしている瑠偉さんにはピッタリかと」

「ちょっと待った。私を買いかぶらないでくれ。今までは気持ちを押し殺していたが、今からは違う。あまりにも我慢し過ぎて、夏妃を抱きつぶしてしまうかもしれない」

「……それでもかまいません」

思い切って口にした私の頬が熱くなる。

瑠偉さんはあっけにとられたのち、口元を緩ませた。

「では、覚悟しておいて。このままでは料理が冷めてしまうな。温かいうちに食べよう」

「いただきます」

ラムチョップは臭みがなくて柔らかく、とてもおいしい。

じゃがいもの細切りを焼いた〝レシュティ〟は表面がカリカリで、スイスの国民食らしい。

ライ麦のパンや、平べったいパンなど、何種類かバスケットに入っている。私はライ麦パンを選んでちぎって食べる。

香ばしくて噛《か》むと小麦の味もしてほんのり甘味があった。それをラムチョップの赤ワインソースをつけてもおいしい。

これからのことを考えて鼓動の高鳴りは止まらないが、抱かれているときにおなかが鳴ったりしたら恥ずかしいので、しっかり胃の中に入れる。

スパークリングワインも三杯飲み、体が熱を帯びている気がする。

この年になっても経験が浅いので、彼をがっかりさせやしないかすでに頭の中はいっぱいいっぱいだ。

「夏妃」

「は、はいっ」

胡桃とキャラメルがぎっしり入ったタルトのデザートを食べ終えたあと、ふいに真剣な声色で名前を呼ばれ肩が跳ねる。

瑠偉さんは椅子から立って、私のところへ来る。

「そんなに緊張しないでくれ」

「私、この年になって数えるほどしかしたことがなくて……」

一瞬、瑠偉さんは押し黙ってしまった。

何か変なこと言った……？

「どう……かしました？」

席を立っておそるおそる尋ねると、瑠偉さんはふっと吐息を漏《も》らし自嘲《じちょう》めいた笑いを浮かべた。

「すまない。君が大人の女性で過去に恋人がいただろうと思っていたが、夏妃を抱いた男に嫉妬したんだ」

「余計なことを言ってしまって……ごめんなさい」

瑠偉さんは首を左右に振る。

「私がこんなに嫉妬深いとは思ってもみなかった。もちろん過去は関係ない。愛しているのは現在の夏妃だ」

嫉妬してくれていたのだと愁眉を開くが、雰囲気《ふんいき》を台無しにしてしまったのではないかと困惑している。

すると、私の体が抱き上げられた。

「る、瑠偉さん？」

「私だけ見て。夏妃」

劣情を覗《のぞ》かせるエキゾチックな瞳に絡めとられ、視線が外せない。

お姫さま抱っこで彼は歩き出し、その間もキスは止まない。

ベッド？

「私、シャワーを……」

「一緒に入ろう」

瑠偉さんはキングサイズのベッドで止まらず、隣の洗面所で私を下ろす。

「一緒にだなんて、そんな……」

「これから夏妃の体は余すところなく目にするんだ。覚悟してシャワーを浴びて」

瑠偉さんは服を脱ぎ始める。

羞恥心《しゅうちしん》に駆られるが、これから瑠偉さんに愛されるのだからと、意を決しワンピースの前ボタンを外す。

そこで上半身裸になった彼は私の手を遮《さえぎ》り、ワンピースのボタンを外す。

「私を脱がしてくれないか？」

もうひとつハードルを上げられて困惑するが、素直に頷《うなず》き上質な革のベルトに手を伸ばした。

瑠偉さんはワンピースを床に落とし、私はブラジャーとショーツだけになる。

「ぁ……」

とっさに小さな胸を腕で隠す。

「なぜ隠す？」

「小さいから……コンプレックスとまではいかないけれど、恥ずかしくて……」

「特に恥ずかしがることではないだろう。私は胸の大きさで優劣をつけない」

押さえていた手がやんわりと離され、背中に瑠偉さんの手が回りホックを外した。

胸が露出して、もうあきらめの境地だ。

「とても綺麗な胸だ。触れたくてたまらない」

唇が優しく塞がれた。

リップサービスなのかもしれないけれど、劣等感のあった私の気持ちを上げてくれる。

脱がし合うだけで官能的な気分になって、体の奥が疼《うず》き始めている。脚の力が失われそうだ。

体を洗われたりでもしたら、どうなってしまうのだろう。

一糸まとわぬ姿になってガラス張りのシャワールームへ入り、ローズの香りのするボディーソープで互いの体を洗っている。

泡の手でたくましい胸板を撫でる。滑らかで服を着ている彼からはうかがえないほど、しっかり鍛えられていた。

一方、瑠偉さんの手は私の下腹部へ移動し、洗われる体は敏感に反応してどうしても瑠偉さんを洗う手が止まる。

互いにこうして触れ合うだけで、気持ちが高まるのだと今まで知らなかった。洗いながらキスは深まり、淫《みだ》らな音が耳に響き、私の脚はへなへなと力を失いかけた。

ラグジュアリーなベッドに横たわり、何度も角度を変えてキスをする唇は私を翻弄《ほんろう》する。

瑠偉さんの舌の温かさを感じ、私はそれを舌で絡めとる。

キスだけでイってしまいそうになる。

彼の唇は私の耳朶を食《は》み、熱い吐息が鼓膜を震わせると、自分のものではないような甘い声になった。

私を導く手は優しく、時に強引で、常に刺激的を与えてくれる。

「夏妃、愛している」

「私もっ、愛してる。ん、ああん……」

繋がる体は快楽の絶頂に達し、強く抱きしめられた。

甘い痺れで呼吸を乱す口を塞がれ、上唇と下唇を交互にやんわりと食まれる。宝物を愛でるようなキスに自然と笑みが広がった。

昨日までは紳士的だった瑠偉さんは箍《たが》が外れたように私を翻弄して何度も抱き、窓から見えていたマッターホルンは夜のとばりで見えなくなっていた。

「まだ消えない打撲痕を見るたびに、夏妃を失ったかもしれない恐れが蘇り、胸が苦しくなる。どうしてくれる？」

腕は内出血の終わりかけで黄色味を帯びている。その腕を瑠偉さんはゆっくり撫でている。

「大丈夫です。消えたらそんな思いはしなくて済みますから。私だって、森の中で瑠偉さんが倒れているんじゃないかって心配していたんですよ？」

筋肉が綺麗についた胸板に手を当ててその上に顔を乗せ、にっこり笑う。

この甘い時間で彼は私に自信を持たせてくれ、そのおかげで羞恥心に襲われることがなくなった。

「そんな可愛く微笑まれたらまた夏妃が欲しくなる」

「瑠偉さんっ、もう無理です」

首を横に振って、慌てて起き上がる。

「からかっただけだ。おなかを空かせた姫を食事に連れて行くよ」

笑いながら体を起こした瑠偉さんは、頬と唇に軽くキスをしてベッドから下りると、手を差し出される。

「シャワーを浴びよう」

「一緒に入ったら、エッチな気分になっちゃうのでひとりで入ります」

正直、きっとシャワーだけでは済まない気がする。

エッチな気分だなんて、そんな言葉が口から出て自分でも意外だったけれど、瑠偉さんに愛されている自信が持て、素直な心で接することができるようになったのだろう。

「同意だな。夏妃を襲わない自信はない。ひとりで入ってくるよ」

瑠偉さんは私のおでこに唇を当てて、バスルームへ消えた。

夕食はホテルのレストランへ赴《おもむ》き、スイス名物のチーズフォンデュを選んだ。

レストランはシックな紫の絨毯が敷かれ、テーブルには装花とキャンドルが置かれている。

時刻は二十一時近いが、レストランには数組の観光客が食事を楽しんでいた。

さいころ型に切られたパンを専用フォークに刺しとろとろのチーズの鍋にくぐらせて、はふはふしながら咀嚼《そしゃく》する。

「んー、熱《あつ》、おいしいー、最高です。瑠偉さんも食べてください」

専用フォークにパンを刺して、彼に差し出す。

瑠偉さんは手にしていた赤ワインのグラスを置いて、受け取るとチーズを絡めて口にした。

「チーズフォンデュは何年振りだろうか。母も大好きだったよ」

「お母様が……」

彼から日本人の母親の話題が出るのは、以前日本を旅行した話をちらっと聞いて以来だ。

「母は北海道生まれで、スキーはプロ並みにうまかったんだ。私が十歳の頃まではシーズン中、何回も家族でスキー旅行へ行っていた」

遠い目になる瑠偉さんを見て、このホテルは当時の思い出がたくさんあるのではないかと推測する。

「瑠偉さん……」

「すまない。しんみりさせてしまった。もう二十五年も前のことなのに意外と覚えているものだな。チーズが煮詰まらないうちに早く食べよう」

「はい」

今度は彼がウインナーを専用フォークに刺して私に渡してくれた。


翌朝、瑠偉さんの腕の中で目覚め、そっと抜け出してホテルのバスローブを身につけると、リビングの窓に近づく。

カーテンを開けると、雄大なマッターホルンが目に飛び込んできた。

今日もいい天気でうれしい。

まだ六時だ。

普段起きるのはそれくらいだが、三時くらいに眠りに就いたので睡眠時間は三時間ほど。

体は瑠偉さんに愛されて疲れ切っているのに、高揚した気分で目が覚めてしまったのだ。

でも、睡眠三時間では今日一日がもちそうもない。

抱きつぶしそうだと言ったのは本当だった。瑠偉さんは今まで抑えていた欲求を飽《あ》くことなく実行した。

どんな風に愛されたのかを思い出すと、体の奥が疼《うず》いてきてしまう。

淫らな考えを振り払い、清々しいマッターホルンへ顔を向けたとき、うしろから腕が回った。

「まだ寝足りないんじゃないのか？」

髪に瑠偉さんの唇を感じる。

「そうなんですけど、素敵な場所にいるので目が覚めちゃって」

「おなかも空いたな。ルームサービスで朝食を食べてから、ひと眠りして午後から行動しないか？」

同じバスローブを身に着けた瑠偉さんへ振り返り、にっこり笑う。

「その提案、乗ります！」

彼も楽しげに口元を緩ませ、デスクの上の電話へ歩を進め、朝食を頼んだ。

ツェルマット駅からオレンジ色の車体の登山鉄道へ乗り、三十分ほどで標高三千八十九メートルの展望台に到着した。

そこからマッターホルン、モンテローザ、リスカムなど、四千メートル級の山々やゴルナー氷河の大自然が一望できる。

観光のベストシーズンは六月から九月。もう九月も終わりなので、ひときわ観光客で混んでいるようだと瑠偉さんが教えてくれる。

一眼レフカメラで数えきれないくらいの景色写真を撮り、スマートフォンでは私と瑠偉さんのツーショット写真をたくさん収めた。

『良かったら写真を撮りましょうか？』

私たちの背後にマッターホルンが映るように自撮りをしていたところ、両親くらいの年齢の白人カップルの男性が英語で声をかけてくれる。

『ありがとうございます。お願いします』

男性にスマートフォンを渡して数枚撮ってもらい、今度は私が白人カップルの写真を撮った。

瑠偉さんは写真を撮ってくれた男性と会話している。

『ハネムーンですか？　お似合いのおふたりだったので、つい声をかけたんですよ』

女性はにこにこ笑顔で言葉にする。

ハネムーン……。

もうすぐ日本へ戻らなくてはならないことを思い出して、胸の痛みを覚える。

『いいえ。ハネムーンじゃないです』

『あら、そうだったの。それではもうじきだわね。本当に素敵なカップルだもの』

『……ありがとうございます』

『彼はモデルをしているの？　稀《まれ》に見る美形だわ。あなたも綺麗よ。周りの観光客も注目していたの』

『いいえ。モデルではないです』

『そうなの。あのルックスでは女性はボーっとしちゃうわね。でも、彼はあなたに夢中みたいだから安心だわね。お幸せにね』

女性は褒《ほ》めそやしてくれ、ご主人と一緒に去って行った。

「人の良いご夫婦だったな」

「そうですね。感じの良い奥様でした」

瑠偉さんとの将来はまったく見えない。

こんなにも彼のことを愛してしまったのに……。

「夏妃、そろそろ下りて町をぶらつこうか」

「はい。家族や友人にお土産を買いたいです」

もう一度、雄大で美しい山々を遠望し、瑠偉さんと手を繋ぎながら登山鉄道の乗り場へ向かった。

翌日は夕方にスイスを発つ予定で、ツェルマットを十四時頃移動しなくてはならないが、午前中に瑠偉さんは〝スネガ パラダイス〟というマッターホルンが最も美しく見られるという展望台へ連れて行ってくれた。

展望台のカフェレストランはよく観光案内の写真に載っているもので、アルプスの峰々の眺望を楽しめる。

セルフサービスのカフェで私たちはアップルパイとコーヒーを選んで、オープンテラスの席で休み、マッターホルンを眺めている。

「ハイキングの人たちがたくさんいますね」

あたりにはバックパックを背負った観光客や案内人のような人がけっこういる。

「ああ。リッフェルベルク湖に映り込む逆さマッターホルンは見所で、ハイキングでなければ見られないからな」

「あ、写真で見たことがあります。でも今日はどうでしょう……？」

時間がたっぷりあったら行ってみたいと思っていたが、私の体力は甘い夜に奪われて、とてもじゃないがハイキングは無理だろう。

「風があるから湖には綺麗に映らないかもしれないな。さてと、十一時か。町で寄りたいところがあるんだ。付き合ってくれるか？」

瑠偉さんはカジュアルなジャケットの袖を少し上げ、腕時計の時間を確認する。

「はい。もちろんです」

席を立ちトレイを片付け、ふたたびケーブルカーに乗って街へ下りた。

『いらっしゃいませ。お待ちしておりました』

瑠偉さんが立ち寄ったのは、スイスを本店とする老舗の最高級の腕時計を販売するツェルマット支店だった。

最高級の腕時計の実物を見たのは瑠偉さんの腕につけられた時計と、お城の衣裳部屋のガラスケースに並べられたコレクションを目にしただけだ。

高いものでは東京で一軒家が買えるくらいの値段だとも、編集プロダクションに勤めているとき、仕事で調べたことがあった。

ブレイクリー子爵ともあれば、最高級のものを身につけるのが当たり前だろう。

『こちらへどうぞ』

奥まった部屋のドアを開けて黒いスーツ姿の男性に促される。

「夏妃、おいで」

店内のショーケースを見ていた私は、瑠偉さんに呼ばれて一緒に奥の部屋に入った。

ラグジュアリーなソファに座ってすぐスパークリングワインが出される。

お店の対応に庶民の私は内心びっくりしている。

『私どもの方で女性物の腕時計を十点ほどピックアップさせていただきました』

黒いスーツの男性はビロードのトレイをテーブルの上にふたつ置いた。

一瞬〝女性物〟を聞き間違えたと思ったが、トレイへ視線を落とすとレディースものの美しい腕時計が並んでいた。

「夏妃、気に入ったのを選んで」

「瑠偉さん、私はこんな高い時計なんて身につけられません」

「そう言うと思ったが、私が贈りたいんだ。この華奢《きゃしゃ》な手首にはめてくれないか？」

彼は私の手を取って、麗しく微笑みを浮かべる。

トレイの上にはダイヤモンドがどれもデザインとして溶け込んでいる。値段は一軒家とは言わないが相当するだろう。

「君が選ばないのなら、私が決めるが？　今君の可愛い頭では値段のことで困惑しているんじゃないか？」

「もうっ、頭の中を読まないでください」

「夏妃がわかりやすいんだ。いいんだな？　私が決めても。愛する君にプレゼントさせてくれ」

日本語の会話なので、黒いスーツの男性にはわからないのが幸いだ。

「……ダイヤモンドは最小限でお願いします」

ここで意地を張って買わずにお店を出たら、瑠偉さんに恥をかかせることになる。

プレゼントは心からうれしいが、高価すぎるのも身分不相応な気がして当惑しかない。

最高級クラスの腕時計は、瑠偉さんのような人が身につけてこそ引き立つのだ。

イギリスへ向けてプライベートジェットはスイスを発った。

私の左手首には、ピンクゴールドの文字盤の周りをぐるりとダイヤモンドが囲み、アームの部分はグレーの本革の洗練された美しい時計がはめられている。

持ち主が私で申し訳ないくらいの腕時計だ。

シートベルト着用サインが外れ、うしろのソファ席に瑠偉さんと並んで座り、アールグレイティーと焼き菓子を食べながらくつろぐ。

上空からは雲の合間から覗く山々はそのうち見えなくなり、空は暗くなってきた。

「瑠偉さん、楽しい時間をありがとうございました。でも、瑠偉さんは何度も訪れた場所だったから退屈だったのでは？」

すると、彼は首を横に振りつつため息をつく。

「言っただろう？　夏妃といると見る景色が今までと違うと。私は最高で幸せな時間を過ごしたよ」

優しすぎる……。

目頭が熱くなって、瞳が潤んでくる。

ブレイクリー城へ戻ったら、現実が待っているのだ。

「感動するほどのことは言っていないが？」

冗談めかして口元を緩ませる瑠偉さんは私の顎をすくって、唇を重ねた。

九、卑劣な男と至極の男

ブレイクリー城へ戻ってきて、昼間は私も瑠偉《るい》さんも以前のように仕事をし、夜は蜜月のような時間を過ごしていた。

十月に入り、予定通りならば今日ブレイクリー城を離れ、掲載する古城をめぐる計画だったが、スイス旅行の三日間の仕事の遅れもあり、すべて書き終えるのはあと数日かかる。

書籍に載せる各部屋の説明文を瑠偉さんに確認してもらっているのは半分。残りを確認してもらっても一週間遅れでここを発てる概算になる。

今夜、瑠偉さんに帰国の話をしよう。

そう考えただけで胸が嫌な音をたて、ドキドキ鼓動を打ち鳴らした。

「ちゃんと話さなきゃね。瑠偉さんだって仕事をここでしているけれど、会社はＣＥＯが不在では何かと不便だもの」

もうそろそろ夕食の時間だ。

昔使われていた浴室の説明文を執筆していると、図書室へ瑠偉さんが迎えに現れた。

「夏妃《なつき》、お疲れ。食事にしよう」

「瑠偉さんもお疲れ様です」

立ち上がろうとする私の椅子《いす》が引かれる。

こういうときも紳士的でマナーを忘れない。

今夜のメインメニューは私が好きなローストビーフで、かぼちゃのスープから始め五種の前菜を、赤ワインを飲みながらいただいている。

「……瑠偉さん。お話があります」

「どうした？　あらたまって」

「あと一週間で仕事が終わる予定です。いくつかの古城を取材して日本へ戻らないと……」

引き留めてほしいのか、してほしくないのか。

とても複雑な心境だった。

出版のために結局は帰国しなければならないのだ。それでも、彼に引き留められたら気持ちが揺らいでしまう。

「原稿の締め切りは？」

「今月末です」

「それなら、ぎりぎりまでここにいてくれないか？」

「瑠偉さん……」

ぎりぎりまで……ということは、そのあとは帰国してもかまわないということだ。

その言葉がショックだった。

私は何を瑠偉さんに期待しているのだろう。引き留められなくて悲しいのはたしかだ。

自分の気持ちも整理できず、話すべきではなかった。

「夏妃？」

瑠偉さんを愛している。

まだ一緒にいたい。

今はこの関係を続けていたい。

「……では、月末の一週間前まであと三週間、瑠偉さんのそばにいさせてください」

「そんな他人行儀な言い方はしないでくれ。一時《いっとき》でも夏妃と離れたくないのが私の心情だ。どうか私のためにいてほしい」

目じりに涙が溜まりそうになるのをこらえて、にっこり笑って頷《うなず》いた。

「んっ、ふ……、あ、だめ……」

黒く縁取られたブラウンの瞳に囚《とら》われ、見つめ合う。

甘美な絶頂に体が小刻みに震え、余韻に浸る唇が熱く奪われると、瑠偉さんは隣に体を倒した。

そして私を抱き寄せ、おでこに口づけを落とす。

「私たちの相性は最高だと思わないか？」

「そ、そんな質問……」

「何度愛し合っても、まだ愛し足りない。仕事で東京へ戻らなければならないのは理解している。だが、手放したくない気持ちと葛藤しているんだ」

「私も同じ気持ちです」

瑠偉さんが帰国するなと言えば、私はそうするだろう。

けれど、彼は私の本を作るという夢を知っているから、期日が来たら引き留めないはず。

翌日、仕事を始める前に、帰国の予定が延びたことをメールにして編集者の関口《せきぐち》さんに送った。

少しして関口さんから、メールではなくスマートフォンにメッセージが入る。

【帰国を延ばすなんて、どうかしたんですか？　理由を教えてください】

理由を教えてください……？

以前、帰国日を伝えてしまったから、そのままにしておくのもと思って送ったのだが、踏み込んだメッセージに困惑する。

原稿を締切日までに仕上がれば、関口さんとしてはかまわないはずなのに。

【ブレイクリー子爵にもう少し滞在してもかまわないと言っていただき、ご厚意に甘えることにしました。原稿は必ず期日までにお渡しします】

そう書いて送った。

原稿のファイルを開いたとき、スマートフォンが着信した。関口さんの名前が画面に出ている。

慌てて通話をタップして出る。

「広瀬《ひろせ》です」

《関口です。嫌な想像をしてしまい電話をかけました》

「嫌な想像……ですか……？」

《監禁ですよ》

「ええっ⁉」

関口さんの突拍子《とっぴょうし》もない言葉に驚きの声が出る。

「そんなこと絶対にないので安心してください。電話にも出られているじゃないですか」

《そうですが……。僕が考えすぎたようです。広瀬さんの帰国を待ち望んでいるので、なおさら時間が経つのが遅く感じるのでしょう》

「原稿を楽しみにしてくださっているんですね。ありがとうございます。しっかり進めてまいりますのでご安心ください」

《え？　いや、その……》

電話の向こうで関口さんを呼ぶ声が聞こえてくる。

「呼ばれているのではないですか？　それではまたご連絡いたします。失礼いたします」

通話を切って、スマートフォンをテーブルの上に置いた。

まさかそんな変な想像をしていたなんてびっくり……。

関口さんと電話で話した五日後の土曜日。

瑠偉さんとアフタヌーンティーを楽しんでいると、執事《バトラー》がやって来た。

『旦那様、管理人からの連絡がありまして、ミズ・ヒロセに会いにフィアンセだという日本人の男性が来ているそうです。どういうわけか警察官も一緒だと』

『ナツキのフィアンセ？　日本人男性が、警察官と……？』

瑠偉さんは怪訝《けげん》そうに眉根を寄せ、紅茶のカップを置く。

バトラーの言葉に私も鳩が豆鉄砲を食ったような顔になる。

「私にフィアンセなんて、いませんっ」

どういうことなの？

私に会いに来る男性が思いつかない。

万が一、弟であれば連絡が来るだろう。私がここにいるのを知っているのは……。

そこでハッとなる。

『もしかして、〝セキグチ〟と言っていませんでしたか？』

英語でバトラーに尋ねる。

警察官も一緒だとしたら、まだ監禁を疑っていて、はるばる日本から飛んできたのかもしれない。

でも、時間とお金をかけてここまで来る理由は……？

「夏妃、心当たりがあるのか？」

「はい。その男性であれば私の担当編集者です。実は帰国が遅れることを連絡したら、突拍子もない想像をされてしまって」

「突拍子もない想像？」

「……私が監禁されているのではないかと」

そう言った瞬間、瑠偉さんは首をかすかに倒しあぜんとなった。

「すみません。警察が来るなんて不名誉なことを。話をしてきます」

すっくとソファから立ち上がる。

「夏妃、待つんだ」

瑠偉さんの手が私の手首を掴《つか》む。

『ジェームズ、日本人男性の名前が〝セキグチ〟であれば、サルーンに通すように管理人に伝えてくれ』

『かしこまりました』

バトラーはお辞儀をして立ち去った。

「瑠偉さん、ごめんなさい。とんでもないご迷惑を……」

「謝る必要はない。説明すれば終わることだ。だが、電話などで地元警察に頼むだけでなく、日本からわざわざ本人が登場とは……心穏やかではないな」

関口さん、違うと言っているのに……。

警察まで連れてきて、本当に監禁を疑っているようだ。

私と瑠偉さんがサルーンへ入ると、ソファに座っていた関口さんと警察官ふたりが立ち上がる。

「広瀬さん！　良かった」

やはり関口さんだった。

彼はホッとしたような笑みを浮かべる。

「関口さん、ここまで来るなんて。気の回し過ぎです。それにフィアンセでもないのに」

心から心配で来てくれたのだろうが、警察官を巻き込んだ状況に、いささか腹を立てている。

「すまない。そう言わなければ警察が動いてくれなくて。僕の婚約者だと言ってくれないか」

「大丈夫だと言ったじゃないですか。嘘《うそ》をついてまでどうして……？」

『ナツキ、座ろう。皆さんもどうぞ』

警察官にわかるように瑠偉さんは英語で私に言って座らせる。

『ブレイクリー子爵、わざわざ申し訳ありません』

着座する前に警察官は頭を下げる。

警察官は以前暴行未遂のときに対応してくれた男性で、彼は恐縮しながら額から出てくる汗をハンカチで拭《ぬぐ》っている。

バトラーとイヴリンが現れ、テーブルに紅茶のカップと小さな焼き菓子のお皿を置いて立ち去る。

『それで、あなた方がこちらに来られた理由を教えてください』

瑠偉さんが話を促すと、関口さんが名刺をテーブルの上にぞんざいな所作で彼の方へ置く。

瑠偉さんは名刺をまったく見ずに、彼へ視線を向けている。

関口さん……。

彼の態度に困惑する。

『私は彼女を担当している関口です。あまりにも長い滞在なので嫌な予感がして来ました』

関口さんは高学歴だと以前聞いたことがあるが、英語がこれほど堪能だったことに驚く。

『担当だけ？　フィアンセというのは？』

先ほど、私と関口さんの日本語の会話で〝フィアンセ〟と名乗った理由を聞いているはずなのだが、瑠偉さんは素知《そし》らぬふりをして尋ねる。

『それは……』

関口さんは困ったように言い淀み、私に助けを求めるかのように視線を送ってくる。

心配させてしまったのは申し訳なかったけれど、フィアンセだと嘘はつけない。

関口さんが答えられないでいると、瑠偉さんが口を開く。

『そう言わなければ、警察は動いてくれないとでも思ったのでしょうね』

関口さんの代わりに顔見知りの警察官が話を切り出す。

『この方が、ミズ・ヒロセがここに監禁、または軟禁されているというもので……。私どもは、人格者であるブレイクリー子爵がそんなことをするはずはないと思っておりましたが、あまりにも彼が頼み込むもので……』

瑠偉さんは口元に拳《こぶし》をやり失笑する。

『それでフィアンセと偽《いつわ》り、警察についてきてもらったと？　監禁などは犯罪者がすることだ。絶対にあり得ないと、称号と名声にかけて誓えます』

こういうときの瑠偉さんは冷徹な雰囲気《ふんいき》をまとっていて、警察官などは弱り切った表情だ。

ここは、私がしっかり説明しなければならない。

『わざわざご足労いただき申し訳ありませんでした。私はそういった類《たぐい》のことをされていません。ブレイクリー子爵には、快く滞在させていただいています。正直言いますと、毎日贅沢《ぜいたく》な食事をいただきながら仕事を楽しんでおり、興味のある古城の素晴らしいものに触れる機会は身に余る光栄と思っています。それが今回滞在を延ばした理由です』

警察官ふたりが『そうだと思っていました』と、何度も頷く。

『関口さん、遠いところまで来てくださって本当に申し訳ありませんでした。もっとちゃんと電話で説明をすればよかったと後悔しています』

『い、いえ……その……』

関口さんは口ごもりその先は黙ってしまった。

『では、誤解は解けたということでよろしいでしょうか?』

瑠偉さんの言葉に、警察官らは穴があったら入りたいような表情で関口さんに渋い顔を向ける。

『ミスター・セキグチ、思い過ごしでしたね。我々はあり得ないと話したじゃないですか』

『お帰りになる前に、お茶と菓子をどうぞ』

瑠偉さんは最初から最後まで場を支配し、ブレイクリー城の主としての威厳《いげん》を損なわなかった。

警察官が訪れるなんて不名誉なことだ。

あとでちゃんと謝らなければ。

紅茶と焼き菓子を食べ終え、警察官はソファから立ち上がる。

『それでは我々はこれで失礼させていただきます。ブレイクリー子爵、貴重な城の中へ招き入れてくださりありがとうございました』

ふたりは瑠偉さんに至極丁寧に頭を下げると、関口さんに視線を向ける。

『君、町までは遠い。送って行きますよ』

関口さんは困惑した顔で私を見る。

『あの、ミスター・セキグチと話がしたいのですが。少し待っていただけますか?』

私は警察官に尋ねてみる。

このまま日本へ帰国してもらうのは、あとで気まずいだろう。わだかまりのないようにしたい。

『わかりました。車の中で待っていますから』

警察官はバトラーに案内されてサルーンを出て行った。

「瑠偉さん、イングリッシュガーデンで関口さんと話をしてきます」

私が日本語で断ると、関口さんはギョッと驚いた顔になった。

「に、日本語を……」

ぐうの音《ね》も出ないようだ。

「わかった」

瑠偉さんは一瞬、苦虫を嚙《か》み潰したような表情になったが、私のおでこに唇を落とし頷いた。

まさか関口さんの目の前でおでことはいえキスをされるとは思ってもみなかったし、関口さんもまた驚いたようであぜんとしている。

「関口さん、行きましょう」

彼を伴ってお城を出て、イングリッシュガーデンへ歩を進めた。

樹木や庭師に美しく剪定された腰ほどの高さの緑には、いつも癒《い》やされている。

「広瀬さん、君は雰囲気が変わった。それにさっきのキスは？　彼と関係を持っているのか？」

「そ、そんな話をしたくて、ここへ来たのではないです」

突として、関口さんの手が私の左手を掴んで持ち上げる。

「これは？　彼からもらったのかい？」

スイスで贈られた腕時計を関口さんは睨《にら》みつける。

「どうしたんですか？　痛いです。離してください」

腕を掴む手に力が入り顔をしかめる。

「広瀬さんはあの男に弄《もてあそ》ばれているんだ。今すぐ離れた方がいい」

なぜか腹を立てている様子の関口さんに困惑する。

なんだか怖くなって、掴まれた手を自分から引き離す。

「私のことではなく、関口さんにここまで来させてしまって申し訳ないので、ホテル代だけでもお支払いしたいと思って、その話を……」

関口さんは大事な編集者だ。

「わかりませんか？　僕はあなたが好きなんです。帰国したら告白してお付き合いしたいと考えていたんです」

「え……？　私を……好き……？」

驚きすぎて、二の句が継げない。

「だから、一緒にここを出ましょう。あの男に広瀬さんが遊ばれているのを黙ってみていられません」

「それは……ここにいるのは私の意思です。瑠偉さんを愛しているんです。彼が私を必要としなくなったとしてもずっと愛し続けるはずです。ですから、関口さんのお気持ちには応えられません。申し訳ありません」

気持ちを吐露《とろ》し頭を深く下げる。

「広瀬さん！　それはあの男にマインドコントロールされているんだ」

彼は私の両腕を掴んで揺さぶる。

「やめてくださいっ！　コントロールなんてされていません！　放してください！」

関口さんの手から逃れようと体を動かしたとき――。

「夏妃から離れるんだ」

静かに、そして命令を聞かざるを得ない、凛《りん》とした瑠偉さんの声が響いた。

私を掴んでいた手が、一瞬ビクッと跳ねて遠のく。

瑠偉さんは私の隣に並び、体を引き寄せて腰に腕を回した。

「関口さん、夏妃は私のフィアンセです」

私が、瑠偉さんのフィアンセ……？

ハッとして、瑠偉さんを見上げる。

「ひ、広瀬さんがブレイクリー子爵の婚約者？　嘘をつかないでください。知り合って間もないのに」

「恋愛に時間は関係ない。私は夏妃を愛しているし、彼女も私を愛している。どうか割り切って彼女の編集者として接してほしい」

「エンゲージリングを、彼女ははめていないじゃないですか」

「代々伝わるリングのサイズ直しをしている最中だ。彼女の指は細いのでね」

売り言葉に買い言葉だろう。

エンゲージリングの話なんて、関口さんを納得させるためだ。

「広瀬さん、君はブレイクリー子爵の金に目がくらんだんじゃないのか？」

もしも婚約が本当なら、私は現代のシンデレラになる。

でも、瑠偉さんは関口さんを納得させるためにフィアンセだと告げたのだ。

私が彼と結婚だなんて、そんなのはあり得ない。

あり得ないけれど……。

「お金に目がくらんだなんて。違います！　帰国したら、ホテル代を支払いに編集部へおうかがいしますので、領収書を取っておいてください」

そこで、こちらへやって来る警察官の姿が目に入る。待ちくたびれて痺れを切らしたのだろう。

「警察官の方が待っています。置いていかれては町へ戻る足がなくなります。お気をつけてお帰りください」

関口さんは悔恨の念を抱いた目つきで私を見遣《みや》ると、黙ったまま警察官の方へ向かった。

見送るために私たちもあとからついて行くが、警察の車は走りだしていた。

関口さんの態度が気になるが、もっと気になるのは瑠偉さんだ。

「瑠偉さん、お騒がせしてすみませんでした。フィアンセと嘘をついてくださり、ようやく彼は納得したみたいで助かりました」

「夏妃、あれは嘘なんかじゃない」

「どう……いうこと……？」

淡い期待が胸を締めつける。

瑠偉さんは端整な顔を麗しく緩ませ、私の両手を大きな手のひらで包み込む。

「私は夏妃を妻にしたい」

「で、でも、私たちは知り合ってまだ二カ月にもなりません。私を妻にしたいだなんて時期尚早というか、よく考えてください」

すると、瑠偉さんは顔をしかめる。

「時期尚早？　夏妃と出会ってからよく考えている。私には君が必要なんだ。心から愛している」

プロポーズされて舞い上がってしまいそうなほどうれしい。

けれど、彼のような人の妻になるには、私は相応《ふさわ》しいのか皆目見当つかない。

「エンゲージリングは本当に直しに出している。それが戻ってからプロポーズするつもりだった。急遽、ロマンティックのかけらもない、こんな場所でのプロポーズになってしまったが」

「本当に……私を、妻に……？」

彼のような人から愛を紡がれて、夢でも見ているのではないかと信じられない気持ちだが、じわじわと告白が心に染みてきて泣きそうだ。

「ああ。これからの人生、共に歩んで幸せな家庭を作ろう」

「瑠偉さんっ」

涙があふれ出てきて目の前の瑠偉さんがかすみ始め、彼の胸へ飛び込んだ。瑠偉さんの腕が背中に回り抱きしめられる。

「愛している。そう言っただろう？　一時《いっとき》も離れたくないと。だが、夏妃には本を出したいという夢がある。それには東京へ戻らなければならない。泣く泣く送り出すつもりでいた」

「私……日本へ戻ったら、それっきりになると……」

「こんなに愛しているのに？　私を信じてくれ。生涯夏妃を愛しむと誓おう」

瑠偉さんは涙で濡《ぬ》れる私の頬を指先で拭《ぬぐ》い、唇を重ね合わせた。誓いのキスは私の涙で甘いとはいかなかったが、人生の中で最上級のキスだった。

「風が出てきた。このままでいたら風邪を引いてしまう。中へ入ろう」

しっかりと手を繋ぎ、最高の幸せに浸りながら歩を進めた。


夕食後、まだ仕事がある瑠偉さんは書斎へ行き、私は彼の部屋のゴージャスなバスタブの湯船に体を沈め、関口さんのことを考えていた。

まさかあんなに強引な人だとは思わなかった。

悠里が以前話していた、関口さんは私に気があるというのは本当だったようだ。

心配して渡英してくれたのは勇気ある行動で申し訳ないと思う。とはいえ、勝手な気持ちを押し付けられるのは迷惑で……。

関口さんの最後の表情を思い出して、重いため息が漏《も》れる。

嫌な予感はバスタブを出るときも払拭《ふっしょく》できなかった。

気持ちが落ち着かないままバスルームからパウダールームへ行き、部屋着を身に着ける。それからのルーティーンはぼんやりしていても手が勝手に動く。

スキンケアを施し、コンタクトレンズから眼鏡に替え部屋へ移動する。

ソファでスマートフォンを開き、関口さんへメッセージを打つ。

【無事にホテルまで戻られましたか？　今日は申し訳ありませんでした。ブレイクリー子爵に弄ばれているわけではなく、大切にしていただいています。大変なご心配をおかけしました。帰国しましたらおうかがいいたします。どうぞよろしくお願いいたします】

メッセージを送って、スマートフォンをテーブルの上に置いたとき、瑠偉さんが書斎から戻って来た。

「お疲れ様です」

瑠偉さんは腰を屈《かが》めると私の頬を両手で囲む。顔を近づけてキスを落とし「大丈夫か？」と尋ねてくる。

瑠偉さんには私の気持ちが筒抜けのようだ。

「関口さんに心配かけて申し訳なかったと、メッセージを送りました」

「東京へ戻って、君が彼と一緒に仕事するのだと思うと嫉妬しそうだ」

瑠偉さんと関口さんでは十人中十人が瑠偉さんを選ぶだろう。私が関口さんに気持ちが揺れ動くことなんて絶対にないとわかっているはず。

「ふふっ、心にもないことを言ってはだめですよ。有頂天《うちょうてん》になってしまいますから」

「まったく、夏妃の目は節穴だな。この眼鏡をかけずに私をよく見て」

眼鏡が外され、瑠偉さんはより一層、私に向かってグッと顔を近づけてくる。

「そ、そんなに近づけなくても見えます」

十センチほどの距離でまじまじと見つめられ、心臓がドキドキ暴れ、頬は熱が集まってくる。

何度も顔を近づけられるたびに、私の顔は恋する乙女みたいになっているはず。

「もう一度バスタブを使う気は？」

「な、ないです。早く入って来てください」

妖しく誘う瑠偉さんにプルプルと頭を左右に振ると、「その答えは却下だ」と言って、抱き上げられる。

「きゃっ、瑠偉さん下ろして」

「だめだ」

やんわりと一蹴した瑠偉さんは、楽しげな表情を浮かべながら、私をバスルームへ連れて行った。

一週間が経った。

ブレイクリー城の取材兼執筆は終了した。瑠偉さんにも確認してもらい掲載許可が出ている。

彼は原稿を読んで「素晴《すば》らしい出来だ。よくやったな」と褒《ほ》めてくれた。

瑠偉さんの部屋のソファでノートパソコンを開き、後日赴《おもむ》く古城のルートを調べている。

「取材して帰国しなきゃね……」

瑠偉さんの元を離れるのは寂しいが、一度決めたことはやり遂げたい。

軽井沢へ帰省して家族に結婚したい人ができたと話もしなくては。

そんなことを考えていると、ノートパソコンにメッセージが来ていることに気づいた。

関口さんからだわ。

彼が来訪した夜に送ったメッセージの返事はなかった。

そのことがずっと私の心を不安にさせていた。

関口さんの名前を見ていると、じわじわと嫌な予感が沸き起こる。

何が書かれているのか……。

クリックしてメッセージを開き、読み始めてすぐ言葉を失った。

【編集部会議の結果、利益が見込めないとの意見が多数で企画は白紙に戻りました】

白紙に戻った……？

私の嫌な予感は的中してしまった。

私情を仕事に挟まないでと願っていたが、彼は懐《ふところ》が深い人ではなかったのだ。

企画が白紙に戻ったことを謝る文面はまったくなくて、それだけに関口さんの嫌がらせ行為だと推測できる。

書籍化の夢が一瞬で消え去り、悔しさもこみ上げてきて両手で顔を覆《おお》う。

ショックと絶望、色々な感情に襲われて、涙が止まらなかった。

涙が止まったあともただソファに座りぼうぜんとしていたところへ、目の前に瑠偉さんが立ってハッとなった。

「夏妃？　ランチの時間だ……どうした？　目が赤い。何かあったのか？」

泣き顔を見られたくて俯《うつむ》くと、彼は跪《ひざまず》いて顔を覗《のぞ》き込む。

「教えてくれ。君の力になりたい。家族に問題が？」

私は首を左右に振る。

書籍化が白紙に戻ったことを思い出すと、ふたたび涙がこみ上げてくる。

これまで協力してくれた瑠偉さんや使用人たちに申し訳ない。

泣き出す私に彼は困惑している。

隣に座ると、抱き寄せて背中を優しく撫でる。

「瑠偉さん……ごめんなさい」

「いきなり謝るなんて、いったいどうしたんだ？」

体をそっと離して、私の目を見つめる。そして手にハンカチを握らせてくれた。

目元をハンカチで拭き、嗚咽《おえつ》をこらえながら話し始める。

「さっき……関口さんからの、……メッセージを……書籍化が、白紙に戻ったことの連絡でした……」

「なんだって!?」

これ以上泣かないようにハンカチで涙を拭《ぬぐ》い、ノートパソコンの関口さんからのメッセージを開く。

「こんなのは正式な文章ではない！」

瑠偉さんは眉根をギュッと寄せて怒りをあらわにする。

たしかにちゃんとしたビジネス文書ではない。だが、書籍化の話もメッセージの簡単なやり取りだけで、契約書はまだ交わしていなかった。この業界ではよくあることなのだ。

「私が弁護士を通して訴えよう」

憤りを見せる瑠偉さんに頭を横に振る。

「よくあることなんです……口約束だけなので、作家は突然切られても弁護士を立てて訴えるなんてしません」

関口さんに長年温めていたこの企画書籍化しましょうと勧められて、舞い上がってしまい、白紙になるなんて夢にも思っていなかった自分が悪いのだ。

「あきらめるしかないんです。ただ……全面的に協力をしてくれた瑠偉さんやバトラーたちに申し訳なくて……皆さんに面倒をかけただけだなんて……」

「夏妃、そんな風に思うことはない。夏妃はこの時間が止まったような古めかしい城に新しい風を入れてくれ、コックたちも料理の作り甲斐《がい》があると喜んでくれていた」

そこへドアが叩《たた》かれる音が響く。まだダイニングルームに現れないので、バトラーが迎えに来たのだろう。

「昼食はここへ運んでもらう。食べたくないかもしれないが、少しでも口に入れた方がいい」

彼の言う通り、食欲はまったく湧かなかった。

十、おとぎ話のようなプロポーズ

三日ほど落ち込んでいたが、そんなことではだめだと自分を奮い立たせた。

書籍化の夢をあきらめられない。

日本の古城ファンにどうしてもこの美しいブレイクリー城を知ってほしくて、以前取引のあったいくつかの出版社の担当者に話をして、企画書とブレイクリー城の外観の写真を入れて一昨日メールで送っている。

「たとえ書籍にならなくても、ブレイクリー城を知ることができたのも、書籍化しましょうと言ってくれた関口《せきぐち》さんのおかげ。だから、やれるところまでやりたい」

気分転換にイングリッシュガーデンを散歩して戻ろうとしたとき、ポケットのスマートフォンが鳴った。

〝悠里《ゆうり》〟の文字に笑みが浮かぶ。

日本は日曜日の二十二時を回ったところだ。

通話をタップしてスマートフォンを耳に当て、近くにあったベンチに腰を下ろす。

「悠里、久しぶり」

《夏妃《なつき》、元気？　まだ帰国しないの？　当初の予定からずいぶん延びているから心配になっちゃって》

「連絡していなくてごめんね。色々あって……」

書籍化が白紙に戻ってしまった経緯を話す上で、ブレイクリー子爵と愛し合い、プロポーズされたことを知らせなくてはならなかった。

悠里は憂慮するはずなので、帰国してから話をしようと思っていたのだ。

関口さんの話の流れで、瑠偉《るい》さんの話も言わざるをえなかった。

《ちょっと、ちょっと待って！　書籍化がなくなった？　関口さんがそんな卑劣《ひれつ》な男だとは思わなかったわ。で、お年寄りからのプロポーズ？　愛し合っているなんておかしいわ》

そういえば、城主はブレイクリー伯爵でなく、子息のブレイクリー子爵が継いでいて、年齢も若いと話すのを忘れていた。

「お年寄りじゃないの。数年前にお城を引き継いだ息子さんで、年は三十五歳よ。今、写真送るわ」

写真を見てもらったら、私が好きになったのも理解してもらえるはず。

スマートフォンを操作して、無料通話アプリからスイス旅行の写真を一枚送信する。

マッターホルンを背景に、自撮りしたときの写真だ。

《この人が子爵？　信じられないほどの美形じゃない！　本当に？　国際ロマンス詐欺じゃない？》

写真を見た悠里は、瑠偉さんの容姿にさらに疑念が深まったようだ。

「もうっ、詐欺ならお城の使用人たちもグルってことになっちゃうでしょ」

《あ、たしかにそうね……ふたりの顔が幸せそうだから、愛し合っているのは納得よ。はぁ～夏妃が貴族と結婚だなんてすごいわ。しかも類を見ない端整な顔にルックス》

「こっちへ来て色々とあったの。帰国したらちゃんと話すね」

《そうよ。ちゃんと最初から事細かにお願い。恋愛小説が一作出来上がりそうだわ》

「うん。日本へ戻るときに連絡するね」

そう言って締めくくり通話を終わらせて、すっくと立ち上がった。

玄関ホールを入って執事《バトラー》が静かな物腰で近づいてくる。

『庭はいかがでしたか？』

『秋咲きのバラが美しくて見入ってしまいます。お茶の時間ですよね？』

ダイニングルームへ歩を進めようとすると、いつもポーカーフェイスなバトラーが少し慌てた様子で私の前へ立ちふさがる。

『お茶は部屋にと、旦那様から言われております』

『瑠偉さんが？　わかりました。いつもありがとうございます』

厨房に近いダイニングルームの方が運ぶのに楽なのに……と考えながら主寝室へ向かう。らせん階段を上がったところで書斎から瑠偉さんが現れ、一緒に部屋へ入る。

「散歩をしていたみたいだな」

「はい。バラが綺麗《きれい》でした」

「明日、案内してくれないか？」

「案内って、クスッ。瑠偉さんのお庭じゃないですか。主《あるじ》がそんな風に言うなんておかしいです」

ソファに座り、おかしくて笑みがこぼれる。

「少し気分がよくなったか？」

隣に腰を下ろした瑠偉さんの手が頬に当てられた。

「はい。いつまでも落ち込んでいられません。さっき以前の同僚から電話がきて話をしたんです。関口さんのことも書籍化の件も知っているので、瑠偉さんにプロポーズされたのも含めて話をしたら」

悠里の突拍子《とっぴょうし》もない想像を思い出して、笑いがこみ上げてくる。

「なんなんだ？　ひとりで笑って」

彼の長い指が私の鼻を軽く摘まむ。

「瑠偉さんとお付き合いをしていると言っても信じないので、スイスの写真を送信したんです。そうしたら、瑠偉さんが類を見ない素敵《すてき》な人なので、国際ロマンス詐欺じゃないかって」

「国際ロマンス詐欺？　なんだそれは？」

「ふふっ、外国人が絡んだ日本で結構ある詐欺事件なんです」

「突然の話だから心配するのも無理はないだろうな。ご両親には？」

私は首を左右に振る。

「帰国したときに話そうかと」

「それがいいかもしれない。後日、私も挨拶《あいさつ》にうかがう」

そこへ部屋がノックされ、イヴリンが紅茶のポットと焼き菓子を持って現れた。

イヴリンがカップに紅茶を注いだあと、瑠偉さんとアイコンタクトをした気がする。

いつもはしないのに……見間違いね。

「フィナンシェは？　好きだろう？」

美しい模様が描かれ金の縁取りがされた小皿にフィナンシェを取り分けてくれる。

コックが作る焼き立てのフィナンシェは周りがカリッとして、中はしっとりし、アーモンドの香りと味が濃厚ですっかりファンになっている。

「いただきます」

フィナンシェをひと口食べて、そのあとのイングリッシュティーを飲むと口の中がおいしいコラボになる。

「書籍のことだが、私が日本にいる友人に頼んでもいいか？」

「あ……、いいえ。今、以前の関わりのあった出版社のいくつかに、企画書を送ったんです。よい返事がもらえるかわからないけど、この本は瑠偉さんに頼らず自分の力でやり抜きたいです」

「夏妃のことだからそう言うと思ったが……うまくいくといいな」

「はい。瑠偉さんのお気持ちはとてもうれしかったです」

ほんのわずかな望みしかないが、何年かかっても夢の書籍を出版することはあきらめられないだろう。

お茶の時間に、今夜は気分転換にドレスアップをして食事をしようと言われ、バーネット館のパーティーのときのドレスを身に着けた。髪はアップにすると、以前の雰《ふん》囲気《いき》とまた違ってデコルテラインも美しく見える気がする。

瑠偉さんもブラックフォーマルに蝶ネクタイで、男らしさと色気にあてられ心臓が高鳴る。

「プリンセス、腕をどうぞ」

主寝室を出て腕を差し出され、私は手を掛ける。

らせん階段を瑠偉さんのエスコートで下り、ダイニングルームへ歩を進めると、いつもは聞こえないクラシックの曲が流れてくる。

私の気分を上げてくれようとしているのかも。

バトラーが扉の前に立っており、丁寧な物腰で開けられる。

次の瞬間、私は目を大きく見開いた。

ダイニングルームに色とりどりの花がいたるところに飾られ、長テーブルの上にはアンティークな燭台《しょくだい》にキャンドルがいくつも灯されていた。

「瑠偉さん、これは……？」

私の気分を上げるには手がかかりすぎていて、彼を仰ぎ見た。

もしかしてバトラーがここでお茶にしなかったり、イヴリンが瑠偉さんに目配せしたりしたのは、このサプライズのため……？

そうだ、彼らが尽力してくれたのは間違いない。

「夏妃、こちらへ」

咲き誇《ほこ》る花の前へ私を立たせた瑠偉さんは、その場におもむろに膝まずき、指輪を差し出す。

「夏妃、愛している。死がふたりを分かつまで私のそばにいてほしい」

エキゾチックな瞳でまっすぐ見つめられる。

その瞳は一分の迷いもなく、全身全霊を私に向けているのがわかる。

じんわり目頭が熱くなって大粒の涙が頬を伝う。

「る……い……さん、ありがとう、ございます」

涙で瑠偉さんの顔が見えない。

「こんなに素敵なプロポーズに感動……して……ごめんなさい。泣き虫なんです」

彼は立ち上がり、ハンカチで涙を拭いてくれる。

「悲しいときに泣くのは見ていてつらいが、うれし泣きは私を幸せにする。これからも自分の気持ちを隠すことなく、さらけ出してほしい。どんな夏妃でも愛している」

私の左手を持ち上げ薬指に代々伝わるエンゲージリングがはめられた。

ドロップ型の曇りひとつない大きなエメラルドで、周囲にダイヤモンドがちりばめられている。

「こんな高価なリングを……だ、だめです。金庫にしまっておかなければ」

かなりのアンティークではないだろうか。こんなにすごいリングを身につけている自信はない。エンゲージリングを外そうとする私になぜか瑠偉さんは表情を緩ませる。

「そう言うと思ったよ。これは普段使うにはあちこち引っかかりそうだから、実用的ではない。パーティーなどでつけて。せっかくサイズ直しをしたからはめてみたかったんだ。普段はこっちを身につけていてほしい」

瑠偉さんはエメラルドのリングを受け取り箱に収めると、もうひとつの箱からダイヤモンドの美しいエンゲージリングを取り出してはめてくれた。

ハイブランドのもので、シャンデリアの明かりで眩《まば》いばかりの光を放っている。

「こんな贅沢……いいのでしょうか……?」

「もちろんだ。夏妃、愛しているよ」

瑠偉さんの両手は私の頬を囲み、甘く唇を塞《ふさ》いだ。

プロポーズの日から四日が経ち、私生活ではこれ以上ない幸せな毎日だが、仕事面では停滞中だ。

企画書を送った数件から【残念ながら】と断りのメッセージが入り、落ち込みそうになる。

帰国して自ら出向いて企画書を見てもらった方がいいのかもしれない。

そんなことを考えていたときだった。

企画書を送ったある編集者からメッセージを受け取った。

彼女の会社では企画書は通らなかったが、知り合いの西洋のインテリアやカントリーハウスなどに特化した書籍を扱う出版社が、ぜひ書籍化したいというメッセージだった。

ただ、そのオファーには条件もあり、ブレイクリー城とその他の古城に加えて、アイルランドの古城を数ページ入れるのが条件だ。

本当に……？

メッセージを何度も読み返し、じわじわと喜びが湧きあがる。

部屋を飛び出して、書斎にいる瑠偉さんの元へ向かう。

「瑠偉さんっ！」

書類をデスクに置いて顔を上げた彼の横に近づく。

「どうした？　とてもうれしそうだ」

私の笑みにつられて微笑《ほほえ》む瑠偉さんは腕を伸ばす。引き寄せられて私は彼の膝の上に横抱きに座らされる。

「教えてくれ。何があったんだ?」

「本が出せるかもしれないんです」

「本当に?」

瑠偉さんの涼しげな目がスッと大きくなる。

「はい。でもそれには条件があって、アイルランドの古城を一緒に載せなければならないのですが、瑠偉さん……かまいませんか?」

ブレイクリー城を書籍にするにあたって、最初の頃に契約したのは掲載される城は瑠偉さんの了承を得なければならないとあった。

「言っただろう? 夏妃の幸せは私の幸せだ。もちろんかまわない」

「瑠偉さん、ありがとうございます」

彼の膝の上から下りて、せわしなく部屋を出て行こうとする私に待ったがかかる。

「夏妃、礼の代わりは?」

「あ!」

笑いながら尋ねる瑠偉さんの元へ駆け寄り、彼の頰に手を添えてキスをすると書斎を出た。

出版社からの依頼は、アイルランドの古城で現在宿泊ができるので、旅行客目線の取材をしてほしいとのことだった。

メッセージでやり取りをして正式に書籍化の連絡をもらった。

今度はしっかり契約書がフォルダの中に入っている。

その古城はアイルランド・ダブリンから電車で二時間ほど北へ行ったところにある。

ロンドンからダブリンまでは、飛行機で一時間三十分ほど。

書籍はイギリスの古城だけにしたかったのだが、この幸運を逃したら夢は消えてしまうかもしれない。

アイルランドの古城企画は、旅行客にとって魅力があるのかもと考え、前向きに取り組む。

善は急げで、来週の半ばから二泊三日で取材に訪れる予定を立てた。

出発当日、瑠偉さんもロンドンの本社へ行く予定を入れたので、車で空港まで送ってくれることになった。

瑠偉さんから離れるのは思ったよりもつらいが、二泊三日だと自分を奮い立たせる。

「いってきます」

ヒースロー空港の出発ロビーで車から降りて手続きを済ませた私は、瑠偉さんの広い背中に両手を回した。

「ああ。気をつけて。声をかけてくる男にも注意だ」

「そんな人いませんから安心してください」

「まったく……私を夢中にさせるくらい、君は魅力があるんだ。周りにアンテナを張って、近づいてきそうな男がいたら逃げろよ」

「ふふっ、皆がブレイクリー子爵の女性の趣味が一緒とは限りませんよ。あ、もう行かなきゃ」

瑠偉さんも強く私を抱きしめ返したあと、おでこにキスしてから唇を重ねる。

「じゃあ」

「はい。今夜電話しますね」

瑠偉さんから離れ、手荷物検査場へ歩を進めた。そこでまだこちらを見ている彼に手を振ってブースの中へ入った。

「ふぅ～、ダブリンに到着！　飛行時間は一時間三十分くらいだから、ヨーロッパの人たちって、どの国も気軽に行ける感覚なんだろうな」

独り言ちて入国審査の列に並ぶ。

時刻は十二時を回っている。目的の古城はダブリン空港から電車で行けるので、ブレイクリー城よりはわかりやすくて行きやすい。

古城までの経路を所々で写真に撮る。道案内的に掲載する予定になっている。まずは空港から電車乗り場への案内図の写真を撮ろう。

チケットを購入してキャリーケースを引きながら電車に乗り込んだ。

車窓からは田園風景が広がり、イギリスの風景とあまり変わらない印象だ。

二時間電車に揺られ、ローナン城のある最寄りの駅に到着した。スマートフォンの地図アプリで確認すると、歩いて行けるようだ。

駅の写真などを撮り、曇り空の下、キャリーケースを引いて歩き始める。

左に見えるうっそうと茂る樹木が切れると、どっしりとしたローナン城が見えてきた。

無骨《ぶこつ》なお城という印象で、美しい佇《たたず》まいのブレイクリー城とはまったく違う。

川が裏手に流れているようだが、だだっ広い平地にポツンと建っている。

ゴシック様式の門は開いており、ローナン城を入れた写真などを撮って、中へ足を踏み入れた。

予約や取材許可は出版社が取ってくれており、壮年の口ひげを生やした管理人の男性に快く歓迎された。

ローナン城というよりは老舗《しにせ》のホテルみたい……。

三階建てで建物に囲まれた中庭があり、そこでくつろぐ宿泊客の姿も見受けられる。

『ここではウォーキングトレイルやキャッスルツアー、蒸留酒ツアーなどが毎日開催されております』

二階の部屋に案内されながら、管理人の説明してくれる。

『すべて参加します。キャッスルツアーはこれからできますか？』

『一時間後にありますよ』

『それではお願いします』

一階の玄関ホールに集合だと教えてくれたところで部屋に到着した。

案内された部屋は、花柄の壁紙やベッドカバーは可愛らしいが、特に歴史を感じさせるものはない。ブレイクリー城の幽霊騒ぎ以来、夜は怖いのでありがたい。

一眼レフカメラをかまえ、まだ使用前の部屋を何枚も撮った。

その夜、シャワーを浴びて人心地着いてから瑠偉さんへ電話をかける。

「瑠偉さん、今、大丈夫ですか？」

《もちろんだ。そっちはどうだ？》

「お昼過ぎに無事に着いて、キャッスルツアーに参加しました」

《一生懸命仕事をしているんだな。私は君を早く抱きしめたい》

電話の向こうで甘い言葉を伝えてくる瑠偉さんに顔が緩む。

「明後日の夜まで待っていてくださいね」

《ああ》

それから他愛のない会話を楽しみ、通話を切った。

翌日は早朝にウォーキングトレイルをして午後に蒸留酒ツアーに参加した。それなりに楽しいが、隣に瑠偉さんがいてくれたらと何度も思ってしまう。

蒸留酒ツアーでは、熟成中のオークなどの木材の樽がズラリと並んだのは圧巻で、ギフトショップでは人気があるというアイリッシュウイスキーを瑠偉さんのお土産に購入した。

二泊三日の滞在は一週間くらい長く感じられた。

「さてと、帰りますか」

瑠偉さん不足で早く会いたい。

十時の電車に乗ると、瑠偉さんにメッセージを送った。

ダブリン空港へ余裕をもって到着する予定で、十四時二十分発のヒースロー空港行きのフライトで帰る。

古城を出てすぐポケットに入れていたスマートフォンが振動した。

取り出して画面を見ると瑠偉さんだ。

キャリーケースを引き、急ぎ足で歩を進めながら通話をタップして出る。

「瑠偉さん、夏妃です。今、駅に向かって――」

《夏妃！　電車に乗る――》

キャリーケースに異変が起こり急に重くなって振り返った瞬間、スマートフォンが手から滑り落ちて砂利道に転がった。

「あ！」

急いでスマートフォンを拾ったが、画面が割れてうんともすんとも言わず真っ暗だ。

瑠偉さんの用はなんだったの……？

急に話が途切れてしまい、彼は心配しているだろう。声はいつもの冷静さがないように聞こえた。

電車に乗る……？

キャリーケースを見ると、四個あるうちのふたつのキャスターが外れて砂利の上に落ちていた。

「ずっと使っていたキャリーケースだから、砂利の衝撃でいっきに壊れちゃったか……これじゃあ、応急処置でもしないと引いて歩けない」

お城へ戻れば、道具を貸してもらいねじで留められるかもしれない。

早く空港まで行きたかったが、いったん戻ろう。

そこへ慌てた様子で古城の管理人が私に向かって駆けてきた。

『ああ、よかった！　電車に乗ってはいけません。テロ予告があったんです』

「え？」

思わずキョトンとするが、先ほどの瑠偉さんの言葉が蘇《よみがえ》る。

《夏妃！　電車に乗る――》

突然電話が通じなくなって、彼は心配しているだろう。

管理人に手伝ってもらってキャリーケースを運び、ロビーへ足を運ぶと、宿泊客がテレビに注目していた。

だが私はニュースを見るよりも、心配をしている瑠偉さんと連絡を取らなければと気が急《せ》く。

瑠偉さんの電話番号は覚えておらず、スマートフォンが壊れてしまった今、どうやって連絡を取ればいいのか。

瑠偉さんがロンドンにいるのか、ブレイクリー城にいるのか不明だ。

ブレイクリー城の電話番号は一般公開されていないので調べられないし……。

隅でノートパソコンを開き、下唇を噛《か》む。

空港へ迎えに来てくれるので、ロンドンのオフィスにいるのかもしれない。

そうだわ！　瑠偉さんの会社に電話をすればいいんだわ。

ノートパソコンで彼の不動産会社のロンドン本社の番号をノートに控え、フロントカウンターにいる管理人に電話を貸してもらえないか尋ねる。

『通話料はお支払いします』

『いいですよ。どうぞ使ってください』

『ありがとうございます』

電話をカウンターに乗せてくれる。受話器を上げて、会社の番号を押した。

女性が出て自分の名前を告げ、CEOの電話番号を教えてほしいと頼む。
得体の知れない女の電話に、すんなり教えてくれるわけがなかった。
『秘書のアニタ・オルコットさんに繋げてもらえますか？』
《わかりました》
彼女と話をするのは敬遠したいところだが、今はそんなことを言っていられない。
繋がるのを待つ間、じれったい時間が流れる。
《CEO秘書、アニタ・オルコットです》
『ナツキ・ヒロセです。ロード・ブレイクリーに繋いでいただけますか？』
《あなた、電車に乗らなかったのね？　ロード・ブレイクリーは慌てて出て行ったわ》
オルコットさんも爆破予告を知っていたようだ。
『え!?　あ、あの、すぐに私は無事だと連絡をしてください！』
《意地悪をしたいところだけれど、そういう場合ではないから連絡を取るわ》
オルコットさんは若干冗談を交えたような口調だ。
『スマートフォンが壊れて、今ローナン城に戻っています。そう言っていただければ』
《わかりました》
そっけない声のあと、通話は切れた。

少し気持ちが落ち着き、十ユーロを管理人に渡す。日本円で千四百円くらいだ。

『ありがとうございました』

『連絡は取れましたか？』

『はい、とりあえず……。こちらに電話があるかもしれません。あの、電動ドライバーをお借りできますか？　あったらねじを分けてほしいのですが』

『まさかお嬢さん、あれを直すつもりですか？　無理ですよ。直りません』

『そんな……』

がっくりと肩を落とし、困り果てる。

『コーヒーを飲んでひと息ついてください』

管理人はロビーの隅にあるセルフサービスのドリンクコーナーを指差した。

『ありがとうございます』

気落ちしながらドリンクコーナーへ行き、ポットからコーヒーをカップに注ぐ。カップを持って、荷物と共に隅のソファに座る。

テレビでは爆破予告のニュースが映し出されている。特定の電車、つまり私が乗る予定だった電車は途中で止まり爆発物を探したが、見つからないようだ。

もし自分が乗った電車が爆発をしたらと思うと、ブルッと震えが出る。

瑠偉さんのおかげ。だけど、キャリーケースをどうしよう……。

タクシーで駅まで行けば、階段は抱えて移動……なんとか大丈夫よね。

十四時二十分発のヒースロー空港行きのフライトに乗らなくてはならないのだ。ここでのんびりできない。

私が無事だったことは瑠偉さんに伝わったはず。なんらかの連絡が来たらすぐにここを出よう。

そこへ管理人がやって来る。

『コーヒーをありがとうございました。タクシーを呼んでいただけますか？』

『今、秘書の方から電話があって、ブレイクリー氏がここへ迎えに来るから留まるように伝えてほしいと言われましたよ』

『ここへ……迎えに来る……？』

瑠偉さんが？　本当に……？

『はい。恋人ですか？　ロンドンから来られるのでしょう？　すぐに行動するなんて、すごい人ですね。来るまでここでゆっくりしていてください』

宿泊客がフロントに立ち、管理人は急ぐこともなくのんびりと向かった。

瑠偉さんが来てくれると言っても、時間がわからない……。

私と話をするのが嫌なのはわかるけれど、オルコットさんは私を呼び出して話をしてくれればよかったのに。

瑠偉さんを待っている間、落ち着かなかった。

二時間ほどノートパソコンを開いて、メモをまとめ執筆していたが、十三時を過ぎた頃からソワソワして荷物を管理人に預かってもらい外へ出た。

ウォーキングトレイルや、近くにある村を散策してきた宿泊客とすれ違う。

瑠偉さんは電車？　あ、でもまだ動いていないって。タクシー？

とにかく城門の近くにいればいち早く瑠偉さんに会えるはず。

十五分ほどが経った頃、上空を飛ぶヘリコプターが目に入った。ヘリコプターは古城の専用ヘリポートへものすごい音をたててゆっくり着陸した。

プロペラがまだ回っている中、ドアが開き瑠偉さんが飛び出して私の方へ駆けてきた。私も彼に向かって走りだす。

「夏妃！」

「瑠偉さんっ！」

ギュッと抱きしめられ、唇が重ね合わされた。

「どんなに心配をしたか。夏妃を失うかもしれないと思ったら、オフィスを飛び出していた。電話はどうしたんだ？」

「心配かけてごめんなさい。キャリーケースのキャスターが壊れたとき、うっかり地面に落としてしまったの」

「あのとき、私は嫌な想像をしたんだ」

瑠偉さんは私の前髪を優しく払う。

「爆破予告はいたずらだったのかも……」

「夏妃が無事ならばそれでいい。帰ろう」

「はい。瑠偉さん、迎えに来てくれてありがとうございます」

「当然だ」

瑠偉さんは微笑んで私の顎をすくうと、もう一度キスを落とした。

驚くことに瑠偉さんはプライベートジェットを空港に駐機させていた。

行きは一刻も早く到着するために、航空会社の民間機でダブリン空港へ飛んだが、帰りはプライベートジェットだった。

その後、迎えの車に乗ってブレイクリー城へ戻った。

時刻は十六時前。

『おかえりなさいませ。とんでもない事件に巻き込まれるところで私どもはハラハラしておりました』

「心配かけてごめんなさい。瑠偉さんのおかげで無事に戻ってこられました」

「バトラー、夕食は九時にしてくれ」

なぜそんな時間に？と、不思議に思っている私の手が繋がれ、らせん階段を上る。

主寝室に入ったとたん、唇が奪われる。

「んっ……」

ドアに背が押し付けられ、息が上がるほどの荒々しいキスだった。

「し……おん、さん……？」

「早く夏妃を感じたい」

いつも冷静で余裕のたっぷりの彼が性急に私のワンピースを脱がしていく。

ブラジャーとショーツ姿の私をお姫さま抱っこして、バスルームへ連れて行く。生まれたままの姿になって、私たちは湯船の中に体を沈めた。

湯船の中で濃密な時間を過ごし、ベッドでも瑠偉さんに存分に愛された。

何度も高みにもっていかれ、蕩《とろ》けた体は指を動かすのも億劫《おっくう》だ。

「すまない。暴走した」

本当にそう思っているのかいないのか、甘い笑みを浮かべる瑠偉さんだ。

「君が心から愛おしい」

「私も……」

睡魔に襲われ、閉じた瞼に唇が落とされた。

女性としての喜びと、彼のような素敵な人に愛された幸せをひしひしと感じながら、眠りに落ちた。


アイルランドの取材から一週間後、私は瑠偉さんと離れる悲しさと不安を覚えながら帰国した。

書籍の作業に集中しつつ悠里との食事や、軽井沢の実家へ帰省し、愛する男性と出会いプロポーズされたことを話した。

英国貴族の称号を持つ男性との結婚話は、家族中が腰を抜かすほど驚いたが、祝福してくれた。

それから一カ月ほど経ってから、瑠偉さんが訪日し両親に挨拶した。

私も瑠偉さんのご家族に会いに現在住んでいるモナコへ行き、彼の父親であるブレイクリー伯爵は、義理の娘になることを喜び祝福してくれた。

すべてが順風満帆で、心を込めて書き上げた書籍も無事に校了の運びとなった。出版社はとても満足してくれている。

あとは本になるのを待つだけで、発売日は四月十日。

荷物の整理をし東京の部屋を解約し、待ちに待った発売日の翌日、イギリスへ飛んだ。入国審査を終え、荷物受け取りレーンでキャリーケースを手にし、出口に向かって歩を進める。

前日、瑠偉さんとの電話の会話を思い出して、顔がにやける。

「もうすぐ会えますから、待っていてくださいね」

《ああ。月日が経つのがこんなに長いと思ったことはなかった。生涯私のものになる覚悟はできている？》

一カ月後、ロンドンの教会で挙式の予定になっている。

「もちろんです。瑠偉さんこそ、涙もろい私を妻にする覚悟はできていますか？」

《どんな夏妃でも愛している。悲しみの涙は流させない。夏妃の本も早く見たい。君の到着を待っている》

ショルダーバッグの中には夢だった私の書籍が入っている。

本の表紙は優雅なブレイクリー城とイングリッシュガーデンを入れた写真。

この本をめぐって、私の人生は信じられないくらい変わった。

ブレイクリー城へ続く道で瑠偉さんと出会い、身の危険に襲われたこともあったし、お城での幽霊騒ぎ、小屋での一夜、出口に向かいながら走馬灯のように次から次へと思い出が脳裏をよぎっていく。

この扉の向こうで最愛の人が待ってくれている。

心臓は瑠偉さんのことを考えるだけで大きく打ち鳴らす。

「ふぅ〜」

到着ロビーに通じる扉の前で、高鳴る胸に手を当てて深呼吸をする。

扉が開き歩を進めた先に、まっすぐ私を見つめるエキゾチックな瞳と視線がぶつかった。

END

あとがき

このたびは『至極の不動産王に独占執着され、英国で最愛妻として娶られます』をお手に取ってくださりありがとうございました！

今回の舞台はイギリス。ブレイクリー城のモデルにさせていただいた古城があります。現在は観光地化しているようですが、素敵な古城に主人公たちを歩かせて思いを馳せました。幽霊は本当にいたのか……（笑）

そして、作中のマッターホルンではネット検索をしながら、私自身もその場にいる気分で執筆しました。皆様にも楽しんでいただけましたら嬉しいです。

カバーイラストを手掛けてくださりました御子柴トミィ先生、美麗なふたりをありがとうございました。

出版するにあたり、ご尽力くださいました編集の山本様、ハーパーコリンズの編集部の皆様、この本に携わってくださいましたすべての皆様に感謝申し上げます。

若菜モモ

マーマレード文庫

至極の不動産王に独占執着され、英国で最愛妻として娶られます

2022年8月15日　第1刷発行　定価はカバーに表示してあります

著者　若菜モモ　©MOMO WAKANA 2022
発行人　鈴木幸辰
発行所　株式会社ハーパーコリンズ・ジャパン
東京都千代田区大手町1-5-1
電話　03-6269-2883（営業）
0570-008091（読者サービス係）
印刷・製本　中央精版印刷株式会社

ISBN-978-4-596-74742-6

m a r m a l a d e b u n k o